U0119049

钟桂松

浙江桐乡人。曾任浙江电视台台长、浙江省新闻出版局党组书记、局长，浙江省省委巡视组组长，浙江省十一届政协常委、省政协文化卫生体育委员会主任，中国茅盾研究会副会长等。现为中国作家协会会员，高级编辑。业余时间长期致力于现代文学研究，已出版《茅盾传》、《茅盾评传》、《沈泽民传》以及丰子恺、钱君匋、陈学昭、徐肖冰等研究著作30余部。主编《茅盾全集》、《茅盾文集》等。

湖 畔 丛 书

丰子恺

水光山色与人亲

钟桂松 著

黄山书社

图书在版编目（CIP）数据

丰子恺：水光山色与人亲 / 钟桂松著 . -- 合肥：
黄山书社，2017.12
ISBN 978-7-5461-7134-0

Ⅰ . ①丰… Ⅱ . ①钟… Ⅲ . ①传记文学 – 中国 – 当代
Ⅳ . ① I25

中国版本图书馆 CIP 数据核字（2018）第 000533 号

丰子恺：水光山色与人亲　　　　　　　　　　　　钟桂松　著
FENGZIKAI：SHUIGUANG SHANSE YU REN QIN

出 品 人	王晓光
责任编辑	高　杨
装帧设计	观止堂 _ 刘俊　朱璇
出版发行	时代出版传媒股份有限公司（http://www.press-mart.com）
	黄山书社（http://www.hspress.cn）
地址邮编	安徽省合肥市蜀山区翡翠路 1118 号出版传媒广场 7 层 230071
印　　刷	安徽新华印刷股份有限公司
版　　次	2018 年 1 月第 1 版
印　　次	2018 年 1 月第 1 次印刷
开　　本	787mm×1092mm 1/32
字　　数	120 千
印　　张	8
书　　号	ISBN 978-7-5461-7134-0
定　　价	38.00 元

序

　　丰子恺先生的艺术世界是近年来中国文坛非常热闹的地方。以《缘缘堂随笔》为代表的丰子恺先生的散文，是大家公认的慰藉心灵的艺术精品，为 21 世纪的文学读者所欣赏；而先生的"子恺漫画"，更是雅俗共赏，其漫画中体现出来的真善美，更是为当下的人们所激赏。还有，丰子恺先生的那些与漫画相得益彰的清新诗词，也逐渐为广大读者所喜欢，所以丰子恺先生的艺术价值正在为 21 世纪的读者所理解所认同。因此，丰子恺先生的作品尤其是他的散文和漫画，为出版界一印再印。工程浩大的《丰子恺全集》也已编辑出版，这是集丰子恺先生文学艺术之大成的文集。相比丰子恺先生在世时的 20 世纪，在新世纪里有更多的人喜欢他。这也正是丰子恺先生的艺术魅力所在！

　　对丰子恺先生的艺术研究，当下也正在以前所未有的广度和深度推进。进入 21 世纪以来，对于丰子恺先生的研究，每年总有若干成果出版问世，从其文学艺术以及生平史料等各个方面进行研究探讨，让丰子恺先生的艺术贡献提升到新的高度，逐渐接近丰子恺先生一生追求的真实。笔者虽然未能在丰子恺先生生前拜访求教，但也有幸与这样一位大师忝为同乡，而且曾在丰子恺先生的家乡桐乡县负责过宣传文化方面的工作，亲身经历了丰子恺先生逝世十周年的纪念活动，有幸直接参与了石门湾缘缘堂的重建和开放，目睹了丰子恺先生在故里为人所景仰、缘缘堂开放时的万人空巷的盛况。在 20 世纪 80 年代，有幸常常陪同国内外的崇拜者去石门湾缘缘堂寻访，目睹了丰子恺先生的崇拜者的虔诚。久而久之，我也深深感到：凡是专程到石门湾这个运河边小镇寻访丰子恺故居缘缘堂的人，都是真心欢喜丰子恺先生的人。所以在对丰子恺故居缘缘堂频繁的拜谒与近距离的瞻仰时，常常使我心有所动。因此，从 80 年代开始，笔者开始研读丰子恺先生的散文、漫画等作品，写了《丰子恺的青少年时代》《丰子恺与杭州》《丰子恺：含着人间情味》等著作，也编了《丰子恺品佛》《纳凉闲话》《中国就像棵大树》《丰子恺自述》等图书，在丰子恺研究领域寻找适合自己做的事情来研究。

　　这部书里面的文章，是近年来研究丰子恺先生的读书随笔，这些长短不一的文章，大都是这三四年里所写。现在在出版难的情况下，能够出版这样一部有关艺术大师丰子恺的读书随笔，得益于黄山书社的朋友的鼓励，正是他们的鼓励，让我有信心选编这样一部读书随笔集，所以对朋友们的鼓励和支持，我永远感念于心，并将以此为动力，进一步鞭策自己在丰子恺先生的研究中继续努力。

　　是为序。

目录

序 / 1

丰子恺与石门湾缘缘堂 / 1

丰子恺与石门湾 / 13

丰子恺漫画的生命力和影响力 / 20

丰子恺的乡情画 / 27

丰子恺与过年 / 32

丰子恺与火车 / 44

丰子恺的清明节和清明词 / 51

丰子恺的"酒德"与"酒画" / 58

丰子恺的"画车"与"坐车" / 68

丰子恺与翻译 / 76

丰子恺与杭州 / 97

都是方言引起的 / 108

丰子恺的诗词 / 113

丰子恺与《烽火》 / 120

丰子恺漫画与《文学周报》 / 132

丰子恺与《浙赣路讯》 / 145

丰子恺日记中的丰子恺 / 168

丰子恺的慢生活 / 181

丰子恺和苏步青 / 189

丰子恺五十年两游普陀 / 198

丰子恺的故家和往事 / 205

怀念毕克官先生 / 223

重访缘缘堂 / 230

后　记 / 241

丰子恺与石门湾缘缘堂

丰子恺曾说："走了五省，经过大小百数十个码头，才知道我的故乡石门湾，真是个好地方。它位在浙江北部的大平原中，杭州和嘉兴的中间，而离开沪杭铁路三十里。"石门湾的缘缘堂，就坐落在这样一个好地方。

一部丰子恺的《缘缘堂随笔》，让几代读书人从这部散文集里感受到真善美的营养和力量。石门湾里的缘缘堂从1933年春暖花开时落成至今，已经整整有八十年的历史了。八十年的风雨岁月，让缘缘堂经历了青春年少的欢乐和日寇炮火的摧毁，以及二十世纪文化复兴中的劫后重建，成为今天缅怀一代艺术大师的所在。这中间的历程，恐怕不是每个喜爱丰子恺散文、漫画的人所了解的。

"缘缘堂"这名字是二十世纪二十年代丰子恺在上海时所取，取名过程很有意思。1926年，弘一法师到上海江湾永义里丰子恺租住的房子看望这位得意门生，丰子恺请弘一法师取堂名，弘一法师让丰子恺将自己喜欢的而且可以互相搭配的文字写在小纸条上，团成许多小纸球撒在释迦牟尼画像前的供桌上，让丰子恺在佛像前随手拈阄。结果，丰子恺第一次拿起一个纸团，一看是一个"缘"字，第二次拿起来一个纸团，一看，又是一个"缘"字。弘一法师说，就叫"缘缘堂"吧。弘一法师又题写了"缘缘堂"的横额，这就是"缘缘堂"名称的由来。后来，丰子恺将弘一法师手书的"缘缘堂"送上海九华堂装裱，挂在自己的租屋里。从此，丰子恺与它相伴不离，几次搬家，"缘缘堂"始终跟随着丰子恺。对这个意味深长的堂名，丰子恺十分满意，他在给夏宗禹的信中曾说："我始终相信'缘'的神秘，所以，堂也取名'缘缘堂'。"

1933年1月，丰子恺在开明书店出版了第一部《缘缘堂随笔》，共收20篇散文随笔，都是1927年至1929年所写的作品，其中有《剪网》《渐》《华瞻的日记》《忆儿时》等。一时轰动读书界，丰子恺也为国内外读者所认识，被称为"现代中国最像艺术家的艺术家"。

就在丰子恺第一部《缘缘堂随笔》问世的时候，一座有形的石门湾缘缘堂也在这一年诞生了，时间是1933年春天。

石门湾的缘缘堂就建造在丰子恺祖屋惇德堂的边

上，地皮是丰子恺母亲在世时就买好的。他母亲生前也曾拿了六尺杆和丰子恺到这个地基上丈量过计划过，商量着要在这个地基上造屋。不久，丰子恺母亲去世，造屋的念头因母亲的去世而成了缺憾。奉母至孝的丰子恺在母亲去世两年后，为完成母亲的遗愿，在母亲生前买好的地基上建造一座缘缘堂，告慰母亲的同时，为自己在故乡的创作与生活营造一个充满艺术气息的地方。

有人形容丰子恺是一位从头到脚都充满艺术的大师，为人正直、率真。他写的散文，文如其人；他建造的缘缘堂，屋如其人。所以缘缘堂的形状、构造、风格，至今仍为世人所称道。丰子恺曾说："缘缘堂构造用中国式，取其坚固坦白。形式用近世风，取其单纯明快。一切因袭、奢侈、烦琐，无谓的布置与装饰，一概不入。全体正直，高大，轩敞，明爽，具有深沉朴素之美。"据说，当时在建造缘缘堂时，丰子恺在上海，施工过程中，工人为了图方便，造成房屋有一处不直，看着很别扭。等到丰子恺回石门湾发现问题时，房子已经造得差不多了，丰子恺一看，坚决让工人拆掉这部分重新建造，务必让缘缘堂"全体正直"。为此丰子恺多花费了不少银子，也在故里留下了丰子恺极为认真的佳话。丰子恺后来自己说到这件事时，承认当时在石门湾"全镇传为奇谈"。

新造好的两层楼缘缘堂让石门湾的乡亲感到眼前一亮，正南向三间，高大正直，充满阳光；楼下东室为家里的食堂，内连走廊、厨房、平屋；三开间的堂前有个大天井，天井里种着芭蕉、樱桃和蔷薇；后堂是三间小屋，分别作厨房、工人用房、储藏间。窗子临着院落，院内有葡萄棚、秋千架、冬青和桂树。正南间的楼上设中走廊，廊内有六扇门，分别通入六个独立的房间，这便是丰子恺一家大小的寝室。后来丰子恺曾无比自豪地说："我认为这样光明正大的环境，适合我的胸怀，可以涵养孩子们的好真、乐善、爱美的天性。我只费了六千金的建筑费，但倘秦始皇要拿阿房宫来同我交换，石季伦愿把金谷园来和我对调，我决不同意。"这是丰子恺发自肺腑、喜欢缘缘堂的真话。

缘缘堂 1933 年春天落成后，无论是堂内布置还是

漫画馆院子

丰子恺一家的生活，都和丰子恺的性情十分协调。正南三间楼下铺上大方砖，正中悬挂马一浮先生写的缘缘堂堂额，壁间常悬的是弘一法师写的《大智度论·十喻赞》和"欲为诸法本，心如工画师"的对联。西面一间是丰子恺的书房，四壁陈列图书数千卷，风琴上挂弘一法师写的"真观清静观，广大智慧观。梵音海潮音，胜彼世间音"的长联。至于丰子恺在缘缘堂一年四季的生活情形，他在文章《辞缘缘堂》中绘声绘色地描绘过，他写道：

　　春天，两株重瓣桃戴了满头的花，在门前站岗。门内朱楼映着粉墙，蔷薇衬着绿叶。院中秋千亭亭地立着，檐下铁马丁东地响着。堂前燕子呢喃，窗内有"小语春风弄剪刀"的声音。这和平幸福的光景，使我难忘。

　　夏天，红了樱桃，绿了芭蕉，在堂前作成强烈对比，向人暗示"无常"的幻相。葡萄棚上的新叶，把室中人物映成绿色的统调，添上一种画意。垂帘外时见参差人影，秋千

1936 年丰子恺与幼女丰一吟在石门湾缘缘堂天井里的花坛上留影

架上时闻笑语。门外刚挑过一担"新市水蜜桃",又来了一担"桐乡醉李"。喊一声"开西瓜了",忽然从楼上楼下引出许多兄弟姐妹。傍晚来了一位客人,芭蕉荫下立刻摆起小酌的座位。这畅适的生活也使我难忘。

秋天,芭蕉的叶子高出墙外,又在堂前盖造一个天然的绿幕。葡萄棚上的果实累累,时有儿童在棚下的梯子上爬上爬下。夜来明月照高楼,楼下的水门汀映成一片湖光。各处房栊里有人挑灯夜读,伴着秋虫的合奏。这清幽的情况又使我难忘。

冬天,屋子里一天到晚晒着太阳,炭炉上时闻普洱茶香。坐在太阳旁边吃冬春米饭,吃到后来都要出汗解衣裳。廊下晒着一堆芋头,屋角里藏着两瓮新米酒,菜厨里还有自制的臭豆腐干和霉千张。星期六的晚上,儿童们伴着坐到深夜,大家在火炉上烘年糕,煨白果,直到北斗星转向。这安逸的滋味也使我难忘。

然而,这么富有艺术和生活情趣的石门湾缘缘堂,竟在 1938 年初毁于日本侵略者的炮火，充满艺术情味的缘缘堂顷刻之间成为废墟。在逃难途中得知缘缘堂被毁的消息后，丰子恺十分悲愤，一番心血营造起来的缘缘堂只能永远存念于记忆里了。丰子恺说："现在只要一闭眼睛，便又历历地看见各个房间中的陈设，连某书架中第几层第几本是什么书都看得见，连某抽斗（儿女们曾统计过，我家共有一百二十五只抽斗）中藏着什么东西都记得清楚。"他还说，逃难中"有时住旅馆，有时住船，有时住村舍、茅屋、祠堂、牛棚。但凡我身所在的地方只要一闭眼睛，就看见无处不是缘缘堂"。丰子恺对缘缘堂的深情是何等的刻骨铭心！

丰子恺在抗战胜利后曾经回故乡石门湾并且到缘缘堂废墟上怀念过，当时兵荒马乱，丰子恺没有留下重建缘缘堂的念头便匆匆离去，把缘缘堂的美好回忆留在记忆深处。新中国成立之后，丰子恺定居沪上，但是和平年代一个接一个的政治运动，让丰子恺无暇再回故乡。直到 1975 年的春天，耄耋之年的丰子恺发愿回一次故乡，他在弟子胡治均等人的陪同下，沿着年轻时回乡常常走的路线，从上海坐火车到海宁的长安，再从长安坐船到石门湾。这是丰子恺在新中国成立后唯一一次也是最后一次回故乡，当时，"文革"还没有结束，缘缘堂废墟上早已建了工厂，所以丰子恺连想看一眼缘缘堂旧址的条件都没有。这一年的9月15日，一代大师丰子恺在上海走完了他78岁的人生而与世长辞，永远离开了他心爱的读者。

二十世纪八十年代，丰子恺逝世十周年的时候，

缘缘堂楼上的书桌

桐乡县政府为纪念丰子恺这位艺术大师，发起重建石门湾缘缘堂，得到海内外舆论的支持。丰子恺的老友、新加坡的广恰法师慨然赞助三万元人民币。缘缘堂在丰子恺的子女和石门湾乡亲的回忆下，按照原样重建，于 1985 年 9 月 15 日落成。广恰法师从新加坡赶来，为老友丰子恺的缘缘堂落成剪彩。现在人们看到的石门湾缘缘堂就是二十世纪八十年代按照原样重建的。

2013 年，正好是石门湾缘缘堂诞生八十周年。所以，当走进石门湾小镇上的丰子恺故居缘缘堂时，虽然经历了新建、炸毁、重建的八十年风雨岁月，但依然能够感受到艺术大师丰子恺的艺术情怀和生活情趣，感受到缘缘堂正直、高大、轩敞、明爽的精神以及深沉朴素之美。

（2013 年）

丰子恺与石门湾

石门湾是丰子恺的故乡，在浙北杭嘉湖平原腹地，那里历史悠久，美丽富饶，春秋时期吴越两国在此垒石为门，以为疆界。所以，又称石门。后来，京杭大运河在这个地方有个九十度转弯，故称石门湾或石湾。运河两岸一派水乡田园风光。春天，金灿灿的油菜花开遍运河两岸；夏天，两岸水稻、桑园一片翠绿；秋天，作物成熟时，连田野里飘来的空气都令人陶醉；冬季虽是寒意阵阵，但石门湾一带却是杭白菊的收获季节，白色的菊花开满运河两岸，村前屋后，田间地头，菊花的清香弥漫在水乡的角角落落。

丰子恺1898年诞生在石门湾一户染坊的小商户家庭，父亲是清末举人。因为丰子恺出生时，上面已有好几个姐姐，所以丰家长辈对丰子恺这个迟来的男孩格外宠爱。小时候的丰子恺可以在这个运河边的古镇上尽情地与小伙伴玩耍，乡村小孩玩过的游戏，丰子恺小时候也都玩过，乡村里过年、过清明时候的乐趣，丰子恺小时候也都感受过。所以，晚年的丰子恺对童年的记忆深刻而富有情味，写出了一批回忆自己小时候在故乡石门湾里所见所闻的生活散文，给人以善的

丰子恺在丰同裕染坊门口留影

启迪。如孑然一身生活贫穷，然而心地善良的癞六伯
（《癞六伯》）；西竺庵里因为先进山门而被他大许
多的和尚称为师傅的六岁小和尚菊林（《菊林》）；
还有，小时候的伙伴王囡囡，常常带着丰子恺去钓鱼、
放纸鸢、缘树、在坟山上摆擂台，种种美好回忆留在
丰子恺一辈子的记忆里。长大后，丰子恺回故乡省亲
时，碰到儿时伙伴王囡囡，本来叫丰子恺乳名"慈弟"
的王囡囡却恭敬地叫他"子恺先生"，让丰子恺感慨
不已，说"情况真同闰土一样"。还有《四轩柱》里

的莫五娘娘和她的儿子木铳阿三；如《红楼梦》里凤姐一般的定四娘娘；坐着讲听一半，立着讲一句也听不得的盆子三娘娘；以及生得短小精悍，喉咙又尖又响，骂起人来像怪鸟叫的何三娘娘。种种形形色色的人物，在丰子恺的记忆里格外生动、有趣。丰子恺小时候，邻居豆腐店里一个长工，穷困潦倒，有一次中了上海发行的大奖，价值相当于二百担大米，本来可以用这些奖金开店娶媳妇，但这个长工中奖后飘飘然，滥吃滥用，摆派头，穿名牌，而且不听劝。结果不到一个月，偌大的一笔奖金用得精光，只好重新穿着破衣服戴着烂帽子回到豆腐店里包豆腐干……故乡石门湾里的种种社会世态，成为丰子恺散文创作的富矿。

虽然青年时代就离开故乡，但是丰子恺与故乡石门湾的联系一直没有中断，母亲钟云芳在世时，他时常回故乡省亲。母亲去世后，丰子恺为了完成母亲的遗愿，在石门湾建造缘缘堂，于1933年春天建成。从此，人到中年的丰子恺常常回到故乡石门湾小住，在冬暖夏凉的缘缘堂里作画、作文，与儿女们一起享受天伦之乐。石门湾缘缘堂里温馨祥和的生活，让丰子恺的生活趣意盎然、回味无穷。后来日本人的炮弹炸毁了丰子恺在石门湾的缘缘堂，国仇家恨，让这位艺术大师愤怒不已，连写三篇文章，控诉日本的侵略行径。

抗战胜利后，丰子恺好不容易从重庆回到上海后，立即在1946年11月专门回了一次石门湾，看了一眼缘缘堂的废墟，第二天便匆匆离开。此后，丰子恺便不再像年轻时那样，逢年过节便回故乡石门湾了。但是，丰子恺与故乡石门湾的联系，与故乡的亲情纽带，从来没有断过，石门湾远远近近的亲戚们常常到上海看望这位平易近人的艺术大师。二十世纪七十年代，石门湾在运河边新建一座大会堂，镇上的同志去信请丰子恺题字，他二话没说，立刻将"石门镇人民大会堂"几个字写好寄给石门镇政府。

1975年的春天，丰子恺最后一次回到生他养他的故乡石门湾，他虽然近在上海，但是已经有近三十年没有回石门湾了。这一次回到石门湾，丰子恺感觉故乡已经焕然一新，那时"文革"还没有结束，但石门湾运河两岸人山人海的乡亲，以自己特有的热情欢迎从石门湾出去的艺术大师回故乡。故乡的那份乡情，

石门湾运河

让丰子恺感到在石门湾的日子像是天天做客人，整天沉浸在来访乡亲的欢声笑语中，乡亲们要他的字和画，他让人一一记下，回到上海写好后再寄回来送给大家。这是丰子恺相隔近三十年后的一次回乡，也是最后一次回到故乡石门湾！石门湾里有他童年、少年时代的快乐，青年时的梦想和中年时的忧患，故乡的变化让晚年的丰子恺感慨不已。

　　故乡是一个作家、艺术家成长的摇篮，也是作家、艺术家取之不尽的创作源泉。丰子恺笔下大量的有关石门湾的散文包括漫画作品，历久弥新，即使是 21 世纪的人们读起来，也常常有会心一笑的感悟，因为丰子恺在故乡石门湾的人情世故里，感受到了真善美的力量。

（2015 年）

丰子恺漫画的生命力和影响力

　　大家知道，丰子恺的漫画虽然是简笔画，寥寥几笔，但是他的漫画笔笔都源自生活，来自生活，反映生活。所以，丰子恺的漫画有着久远的生命力和持久的影响力。

　　丰子恺在漫画创作中，常常能够从生活的小处，生动地表现出世界的大，做到以小见大，从人们熟视无睹的社会现象中幽默地表现出艺术大师的观察深度。如他从孩子幼稚天真的举动中体味儿童世界的丰富和纯洁，画出《阿宝赤膊》《注意力集中》《小爸爸》《尝试》《买票》《爸爸不在的时候》《瞻瞻底车》《阿宝两只脚，凳子四只脚》《粽祸》等。这些经典的儿童漫画，只有深入儿童的生活世界，才能发现这些天真的瞬间，才能画出这些传世的经典漫画。相信这些儿童漫画，无论是研究 20 世纪儿童心理学，还是研究 20 世纪儿童生活世界，都是活生生的充满真善美的题材，有着很强的生命力。

　　在丰子恺的社会批评漫画里，同样也是从社会生活中来，对生活中的假丑恶，艺术大师从另一侧看过去，选择一个经典场景，定格成一个富有深长意味的举动，在不经意间留下了历史的瞬间，也留下了大量的有历史意味的漫画作品。如《高柜台》《邻人》《立等》《向后转》《桂花》《在两家当工役的夫妇》《去年的先生》《先吃藤条》《欣赏》等，这些社会世相漫画，说明一世善良信仰佛教的艺术大师同样有着深刻的社会批判精神。而那些护生漫画，那些劝人为善、善待众生的主题漫画，把丰子恺自身善良的品性表现得更加淋漓尽致。所以丰子恺漫画中的善良，也影响了一代又一代的读者。丰子恺漫画问世以来，一直都成为教人健康向上的教材，也被人们视为健全人格心智的良方。

　　据说，马一浮先生的一个晚辈亲戚第一次去拜见马一浮时，马一浮给他的见面礼，不是红包，也不是珍贵的纪念品，而是一部丰子恺的《护生画集》。马先生想把丰子恺的善因传播给他人，送丰子恺的《护生画集》是最合适的选择。丰子恺的老师夏丏尊先生在 1940 年 10 月为《护生画集》写的序言中说道：丰子恺的那些护生画，"所表现者，皆万物自得之趣与彼我之感应同情，开卷诗趣盎然，几使阅者不信此乃劝善之书"。可见丰子恺笔下的那些护生画里动物与人的情感已融为一体。这样的漫画作品，难怪大儒马一浮先生要作为见面礼了。巴金先生也曾讲过自己的一次亲身经历，1942 年 7 月，在成都的巴金特地到祠堂街开明书店买了一幅丰子恺的漫画，送给自己的堂弟，巴金说，目的是"为了激发他的高尚的情操"。可见丰子恺的漫画还能激发一个人的高尚情操。有一个丰子恺漫画的读者何家葵在晚年回忆自己年轻时无从识别真善美和假恶丑，后来就是在丰子恺的漫画里认识到了。

丰子恺的漫画还影响了一些人的人生道路，成为他们走上艺术的原动力，漫画家、学者毕克官就是受到丰子恺漫画的影响而走上漫画创作道路的。他在中学时代看到丰子恺的"民间相"漫画，立刻被丰子恺的漫画风格所吸引，他说："我立即被这本小小的画册征服了。它像磁石一样吸引着我，使我爱不释手。"后来他在天津的旧报纸中找丰子恺发表的漫画，剪下来，自己动手编一本"子恺漫画"，从这些剪报得来的丰子恺漫画中学习漫画创作，从此走上漫画的创作

瞻瞻底车（一）黄包车

和研究道路。漫画家陈惠龄先生晚年回顾自己的艺术
道路时，也说自己是受子恺漫画的影响而走上漫画创
作道路的。他说："子恺先生的漫画浸润着我的心田，
子恺先生给我最好的漫画启蒙。"丰子恺在1940年
4月25日"日记"中说到一个署名"次恺"的漫画作
者时说："得陶亢德信，附寄稿费十三元。又剪《中
美日报》'次恺自白'一节见示。始知次恺君乃一青年，
受《护生画集》感化而学吾画者。"可见当时丰子恺
漫画的影响就很大。丰子恺在抗战最困难时画过一幅
《严霜烈日皆经过，次第春风到草庐》的漫画。当时
他以此为题，画了不少漫画，分送给向他索画的同事，
他自己认为，"同事中多颠沛流离而来者，得此画可
资振作"。看到一幅画，精神可振作起来，这是何等
奇妙的艺术魅力！何等巨大的影响力！然而丰子恺的
漫画，就有这样的魅力。

　　丰子恺先生已经去世40周年，但是丰子恺的漫
画，即使到了21世纪的今天，仍然是百读不厌，百
看不烦，而且越看越耐看。据说，新世纪出版的丰子
恺漫画，是出版史上最多的时期，多地的出版社争相

出版不同角度、不同类型，大大小小的丰子恺漫画集。可见来自生活的丰子恺漫画在 21 世纪仍有强大的生命力，仍为广大读者所喜爱。

（2015 年）

丰子恺的乡情画

漫画家丰子恺 1898 年 11 月 9 日生于桐乡县石门湾。这是一个商业兴旺，交通方便的地方。一条沿运河的弯街，带起许多曲曲折折的小弄，各式小铺散落其间；在镇上转个弯的大运河碧波涟漪，连接着数条小溪，滋润着排排杨柳，这些，孕育了丰子恺的艺术天才。同时，旧社会石门湾人民的悲惨生活，民不聊生的情状，也同样进入这位正直画家的视野。

《买粽子》。画于 1925 年在水乡石门，旧时民居都临街而起，下面是店铺，楼上是居民的卧室。有的人家把店面租给别人，自己家居住在楼上。所以，楼上人买粽子、买糕团等，便可从临街窗口挂下一只篮子，把所需的钱放在里面，喊一声伙计，待粽子放好，再吊回楼上。颇富情趣。

《锣鼓响》。这是一幅风情画，画于 1934 年。石门湾有句俗语说，"锣鼓响，买糖糖"。因为那时有不少挑担售货的小商人，一到村上，敲起小锣，引来不少村民和孩子。这些人，有的是卖小孩最喜欢吃的"斩白糖"，有的是来镇上耍猴的，俗语说："锣鼓巷，脚底痒。"小孩听到锣声，拉着祖母就跑。是想

锣鼓响

去买些什么来吃吃呢？还是想去看"猴子变把戏"呢？
丰子恺不仅留下一个动态的石门风情，也给人留下令
人遐想的空间。

《高柜台》。这是石门旧时典当的一个镜头。画
于1931年。旧时石门有当铺两家，一家店号叫"公泰"，
俗呼"老当"，设在东市王家弄口；另一家叫"济通"，
俗称"新当"，在堰桥东堍，规模较大。典当的柜台
都非常高，大人上去典货，往往只露出个头，何况小
孩去典物？！这幅画画得非常心酸，是旧社会的真实
写照。

《最后的吻》。这是一幅深刻揭露旧社会黑暗的
佳作，画于1934年。旧社会石门镇有所谓慈善机构
的育婴堂，专门接纳穷人弃婴，再转手卖给人家当童
养媳。育婴堂为了保密，不让亲生母亲知道自己的女
儿被卖给谁家，别出心裁地在墙边挖一个洞，装一个
抽屉。穷人弃婴只许放在抽屉里送进育婴堂。丰子恺
选取故乡石门的这一社会现象，用对比手法，深刻揭
露了人们的苦难和社会的不平。

（1991年）

高柜台

丰子恺与过年

记得在三十几年前的春节里，物资匮乏，但过惯集体生活、集体劳作的农民、工人，春节仍是一个休息和走亲访友值得期盼的日子，人们带着糕点糖果之类的副食品走走亲戚，看看朋友，聊表心意。如此这般朴素的节日交际，给人们带来的，是些许安慰和欣慰。

时下过年，物质已经极大丰富，但是归纳起来，无非是吃吃喝喝和探亲访友以及出门旅游，与传统意义上的过年已经渐行渐远。人们消费的力度随着生活条件的改善而大大提高，而数以亿万计的人们在春节前后的大江南北奔波，一个春节假期下来，都已筋疲力尽，而我们中华民族春节的传统文化也随着节日的疲惫所剩无几。

其实，过春节，过的是氛围，过的是文化。节日临近，江南水乡家家户户打扫卫生，准备年货，窗口挂满腌制的条肉，在阳光下看过去感觉十分富足。乡村的孩子怀着过年的期盼，赶来赶去看杀猪，看大人们热气腾腾地打年糕，并不富裕的乡村却有着一派祥和幸福的氛围。过年过节的氛围足以让年轻人充满想

象和期盼，让老年人带着欣慰。传统的节日礼数、节
日文化也可以在春节这个节日里与美食一起得到回味。

丰子恺对春节这个传统节日充满情感，在他的漫
画里，画了不少充满春节氛围意趣盎然的漫画，放鞭
炮、堆雪人、穿新衣等等这些充满童趣喜悦的漫画，
人见人喜。谁见了，都会感受到一种浓浓的节日氛围
而心情开朗愉悦。丰子恺回忆自己小时候在石门湾过
年时的所见所闻，更是将小镇上过年世情和传统文化
描绘得天真快乐、情意融融。他说：

> 我的新年的欢乐，始于新年的eve（前夕）。
>
> 大年夜的夜饭，我故意不吃饱。留些肚皮，
> 用以享受夜间游乐中的小食，半夜里的暖锅，
> 和后半夜的接灶圆子。吃过夜饭，店里的柜
> 台上就点着一对红蜡烛，一只风灯。红蜡烛
> 是岁烛，风灯是供给往来的收账人看账目用
> 的。从黄昏起，直至黎明，街上携着灯笼收
> 账的人络绎不绝。来我们店里收账的人，最
> 初上门来，约在黄昏时，谈了些寒暄，把账

簿展开来看一看，大约有多少，假如看见管账先生不拿出钱来，他们会很客气地说一声"等一会儿再算"，就告辞。第二次来，约在半夜时。这会拿过算盘来，确实地决算一下，打了一个折扣，再在算盘上摸脱了零头，得到一个该付的实数。倘我们的管账先生因为自己的店账没有收齐，回报他们说，"再等一会儿付款"，收账的人也会很客气地满口答允，提了灯笼又去了。第三次来时，约在后半夜。有的收清账款，有的反而把旧欠放弃不收，说道"带点老亲"。于是大家说着"开年会"，很客气地相别。我们的收账员，也提了灯笼，向别家去演同样的把戏，直到后半夜或黎明方才收清。这在我这样的孩子们看来，真是一年一度的难得的热闹。平日天一黑就关门。这一天通夜开放，灯火满街。我们但见一班灯笼进，一班灯笼出，店堂里充满着笑语和客气话。心中着实希望着账款不要立刻付清，因此延长一点夜的闹热。在

春节吃块肉

前半夜，我常常跟了我们店里的收账员，向各店收账。每次不过是看一看数目，难得收到钱。但遍访各店，在我是一种趣味。他们有的在那里请年菩萨，有的在那里准备过新年，还有的已经把夜当作新年，在那里掷骰子，欢呼声充满了店堂的里面。有的认识我是小老板，还要拿本店的本产货的食物送给我吃，表示亲善。我吃饱了东西回到家里，里面别是一番热闹：堂前点着岁烛和保险灯。灶间里拥着大批人看放谷花。放的人一手把糯米谷撒进镬子里去，一手拿着稻草不绝地在镬子底上撩动。那些糯米谷得了热气，起初"啪，啪"地爆响，后来米脱出了谷皮，渐渐膨胀起来，终于放得像朵朵梅花一样。这些梅花在环视者的欢呼声中出了镬子，就被拿到厅上的桌子上去挑选。保险灯光下的八仙桌，中央堆了一大堆谷花。四周围着张开笑口的男女老幼许多人。你一堆，我一堆，大家竟把砻糠剔去，拣出纯白的谷花来，放在一只

竹篮里，预备新年里泡糖茶请客人吃。我也
参加在这人丛中；但我的任务不是拣而是吃。
那白而肥的谷花，又香又燥，比炒米更松，
比蛋片更脆，又是一年中难得尝到的异味。
等到拣好了谷花，端出暖锅来吃半夜饭的时
候，我的肚子已经装饱，只为着吃后的"毛
草纸揩嘴"的兴味，勉强凑在桌上。所谓"毛
草纸揩嘴"，是每年年夜例行的一种习惯。
吃过年夜饭，家里的母亲乘孩子们不备拿出
预先准备着的老毛草纸向孩子们口上揩抹。其
意思是把嘴当作屁眼，这一年里即使有不吉利
的话出口，也等于放屁，不会影响事实。但孩
子们何尝懂得这番苦心？我们只是至于这种恶
戏发生兴味，便模仿母亲，到茅厕间里去拿张
草纸来，公然地向同辈，甚至长辈的嘴上去乱
擦。被擦者决不愤怒，只是掩口而笑，或者
笑着逃走。于是我们擎起草纸，向后面追赶。
不期正在追赶的时候，自己的嘴却被第三者
用草纸揩过了。于是满堂哄起热闹的笑声。

春节美景

　　夜半过后在时序上已经是新年了；但在习惯上，这五六个小时还算是旧年。我们于后半夜结伴出门，各种商店统统开着，街上行人不绝，收账的还是提着灯笼憧憧来往。但在一方面，烧头香的善男信女，已经携着香烛向寺庙巡礼了。我们跟着收账的，跟着烧香的，向全镇乱跑。直到肚子跑饿，天将向晓，然后回到家里来吃接灶圆子，怀着了明朝的大欢乐的希望而酣然就睡。

　　元旦日，起身大家迟。吃过谷花糖茶，白日的乐事，是带了去年底预先积存着的零用钱，压岁钱，和客人们给的糕饼钱，约伴到街上去吃烧卖。我上街的本意不在吃烧卖，却在花纸儿和玩具上。我记得，似乎每年有几张新鲜的花纸儿给我到手。拿回家老幼人人笑口皆开。晏晏地吃过了隔年烧好的菜和饭，下午的兴事是敲年锣鼓。镇上备有锣鼓的人家不很多；但是各坊都有一二处。我家也有一副，是我的欢喜及时行乐的祖母所置备的。平日深藏在后楼，每逢新年，拿到店堂里来供人演奏。元旦的下午，大街小巷，鼓乐之声遥遥相应。……这种浩荡的音节，都是暗示昂奋的，华丽的，盛大的。在近处听这种音节时，听者的心会忙着和它共鸣，无暇顾到他事。好静的人所以讨厌打乐，也是为此。从远处听这种音节，似觉远方举行着热闹的盛会，不由你的心不向往。好群的人所以要脚底痒者，也正是为此。试想，我们一个数百户的小镇同时响出好几处的浩荡的鼓乐来，云中的仙人听到了，也不得不羡慕我们这班盛世黎民的欢乐呢。

新年的晚上，我们又可从花炮享受种种的眼福，最好看的是放万花筒。这往往是大人们发起而孩子们热烈赞成的。大人们一到新年，似乎袋里有的都是闲钱，逸兴到时，斥两百文购大万花筒三个，摆在河岸一齐放将起来，河水反照着，映成六株开满银花的火树，这般兴景真像美丽的梦境。东岸上放万花筒，西岸上的豪侠少年岂肯袖手旁观呢？
势必响应在对岸上也放起一套来。继续起来的
就变花样。或者高高地放几十个流星到天空
中，更引起远处的响应，或者放无数雪炮，隔
河作战。闪光满目，欢呼之声盈耳，火药的香
气弥漫在夜天的空气中。当这时候，全镇的男
女老幼，大家一致兴奋地追求欢乐，似乎他们
都是以游戏为职业的。独有爆竹业的人，工作
特别多忙。一新年中，全镇上此项消费为数不
小呢：送灶过年，接灶，接财神，安灶……每
次斋神，每家总要放四个斤炮，数百鞭炮。此
外万花筒、流星、雪炮等观赏的消耗，更无限
制。我的邻家是业爆竹的。我幼时对于爆竹店，
比其余一切地方都亲近。自年关附近至新年完
了，差不多每天要访问爆竹店一次。这原是孩
子们的通好，不过我特别热心。我曾把鞭炮拆
散来，改制成无数的小万花筒，其法将底下的
泥挖出，将头上的引火线拔下来插入泥孔中，
倒置在水槽边上燃放起来，宛如新年夜河岸上

的兴景。虽然简陋，但神游其中，不妨想象得比河岸上的光景更加壮丽。这种火的游戏只限于新年内举行，平日是不被许可的。因此火药气与新年，在我的感觉上有不可分离的关联。到现在，偶尔闻到火药气时，我还能立刻联想到新年及儿时的欢乐呢。

……

丰子恺这篇绘声绘色的回忆写于 1935 年 12 月，其实他是有感而发的。当时国民政府倡导所谓"新生活运动"，把春节的年初一说成元旦，禁止老百姓过中华民族传统的春节，只许过阳历一月一日的元旦，并称之为过年。这让丰子恺感到很茫然和不理解，他写这篇题为《新年怀旧》的文章，其实是表明对"新生活运动"的反对。后来，这所谓的"新生活运动"无疾而终，人们又恢复了过春节的传统。由此看来，中华民族的传统文化有着顽强的生命力，传统文化是中华民族的根，是融化在世世代代中国人血液里的无法割舍的情。

（2013 年）

丰子恺与火车

　　在高铁时代，普通火车对今天的人来说，是再普通不过的交通工具，已经不再新鲜。但对一百年前以及二十世纪前半叶的人来说，火车还是很新鲜的事物。在丰子恺的生活与艺术里，与火车颇有缘分，感觉也很有趣味。

　　当年，距离丰子恺故乡石门湾最近的铁路是沪杭铁路，最近的火车站是海宁县的长安镇火车站。据史料记载，沪杭铁路并不是一次性全线通车的，而是修一段通一段，当时从长安到杭州的通车时间是1908年10月，比嘉兴到杭州通车早三个月。当时长安通火车时，丰子恺正在石门湾小学读书，后来听说长安到杭州、上海都通了火车，十分向往和羡慕，但家境不允许他去坐火车。同学中有一个是石门湾首富的儿子，其父亲打听到火车一通，就带儿子去体验坐火车的感觉。这个同学在丰子恺面前吹嘘，"火车厉害得很，走在铁路上的人，一不小心，身体就被碾做两段"，还说"火车快来邪气，坐在车中，看见窗外的电线木如同栅栏一样"。这番描述让丰子恺等一帮同学羡慕得不得了，也对火车充满了新奇和想象。

　　1914 年，丰子恺小学毕业去杭州考试，第一次坐上了火车。当时还未坐过火车的丰子恺以为火车是炮弹流星似的凶猛唐突的东西，"觉得可怕"。但是等到丰子恺真的看到了，乘过了火车，觉得也"不过尔尔"。所以 20 年后，丰子恺说到当时乘火车时的情景，十分感慨："天下事往往如此。"然而，"往往如此"的火车，乘的次数多了，在丰子恺的眼睛里，火车车厢变成一个社会，丰子恺称它为"车厢社会"。为此，当年常常坐火车奔波在上海、杭州之间的丰子恺，竟以《车厢社会》为题，于 1935 年 7 月在上海良友图书印刷公司出版一册散文随笔集。其中，《车厢社会》一文，对乘火车的感受和情状描摹得十分真切有趣，他说："二十余年中，我对火车不断地发生关系。至少每年乘三四次，有时每月乘三四次，至多每日乘三四次（不过这是从江湾到上海的小火车）。一直到现在，乘火车的次数已经不计其数了。"丰子恺回顾自己乘火车的经验，将乘火车分三个时期："第一个时期，是初乘火车的时期。那时候乘火车这件事在我觉得非常新奇而有趣。自己的身体被装在一

车厢之一隅

个用机械拖了这大木箱猛奔……那时我买了车票，热
烈地盼望车子快到。上了车，总要拣个靠窗的好位置
坐。……我看见同车的旅客个个同我一样地愉快，仿
佛个个是无目的地在那里享乐乘火车的新生活的。我
看见各车站都美丽，仿佛个个是桃源仙境的入口。其
中汗流满背地扛行李的人，喘息狂奔的赶火车的人，
急急忙忙地背着箱笼下车的人，拿着红绿旗子指挥开
车的人，在我看来仿佛都干着有兴味的游戏，或者在
那里演剧。世间真是一大欢乐场。"第二个时期，"是
老乘火车时期"。此时一切都看厌了，"一切都已见惯，
觉得这些千篇一律的状态没有什么看头"。"这时候
似觉一切乘车的人都同我一样，大家焦灼地坐在车厢
中等候到达。看到凭在车窗上指点谈笑的小孩子，我
鄙视他们，觉得这班初出茅庐的人少见多怪，其浅薄
可笑。""那时我在形式上乘火车，而在精神上仿佛
遗世独立，依旧笼闭在自己的书斋中。那时候我觉得
世间一切枯燥无味，无可享乐，只有沉闷、疲倦和痛
苦，正同乘火车一样。"第三个时期，丰子恺觉得"心
境一变，以前看厌了的东西也会重新有起意义来"。

车厢里人间相,看出国人的品性来,"同是买一张票的,有的人老实不客气地躺着,一人占有了五六个人的位置。看见找寻坐位的人来了,把头向着里,故作鼾声,或者装作病人,或者举手指点那边,对他们说:'前面很空,前面很空'。和平谦虚的乡下人大概会听信他的话,让他安睡,背着行李向他所指点的前面去另找'很空'的位置。有的人用一册书和一个帽子放在自己身旁的坐位上。找坐位的人倘来请他拿开,就回答他说'这里有人'。和平谦虚的乡下人大概会听信他,留这空位给他那'人'坐,扶着老人向别处去另找坐位了。找不到坐位时,他们就把行李放在门口,自己坐在行李上,或者抱了小孩,扶了老人站在 W．C．的门口。查票的来了,不干涉躺着的人,以及用大腿或帽子占坐位的人,却埋怨坐在行李上的人和抱小孩扶了老人站在 W．C．门口的人阻碍了走路,把他们骂脱几声"。

丰子恺坐火车看到人间相的丑陋,也从坐火车中悟出人生哲学。他在随笔《车厢社会》中记录了一首白话诗,很有意思:

人生好比乘车：

有的早上早下，

有的迟上迟下，

有的早上迟下，

有的迟上早下。

上了车纷争坐位，

下了车各自回家。

在车厢中留心保管你的车票，

下车时把车票原物还他。

（2012 年）

丰子恺的清明节和清明词

在我国几千年的传统节日文化中，清明节是历史悠久的传统节日，也是一个文化氛围非常浓郁的节日。

丰子恺晚年回忆自己童年时代在石门湾过清明节时，感觉温润、阳光，充满了春天的欢乐和童趣。他在《清明》一文中说："清明三天，我们每天都去上坟。第一天，寒食，下午上'杨庄坟'。杨庄坟离镇五六里路，水路不通，必须步行。老幼都不去，我七八岁就参加。茂生大伯挑了一担祭品走在前面，大家跟他走，一路上采桃花，偷新蚕豆，不亦乐乎。到了坟上，大家息足，茂生大伯到附近农家去，借一只桌子和两只条凳来，于是陈设祭品，依次跪拜。拜过之后，自由玩耍。有的吃甜麦塌饼，有的吃粽子，有的拔蚕豆梗来作笛子。……祭扫完毕，茂生大伯去还桌子凳子，照例送两个甜麦塌饼和一串粽子，作为酬谢。然后诸人一同在夕阳中回去。杨庄坟上只有一棵大松树，临着一个池塘。父亲说这叫作'美人照镜'。现在，几十年不去，不知美人是否还在照镜。闭上眼睛，情景宛在目前。"

丰子恺对清明节的回忆，是十分真实和美好的，

在石门湾一带，有"清明大如年"的说法，因为清明
节之前是农村最空闲的一个阶段，一过清明，人们又
要开始忙碌起来。所以，清明节在石门湾一带，像过
年一样热闹。家家户户做各种各样的食品，如甜麦塌
饼、清明团子、清明夹子、米粉做的十二生肖，林林
总总，食品准备得比过年还丰富。其中米粉做的十二
生肖要放到立夏节气才吃，这样，家里的人才健康。
清明节里，家家户户相互串门做客，亲戚朋友像过年
一样来来往往，非常热闹。还有，就是清明上坟，诚
如丰子恺所回忆的，同样是清明节的一种快乐气氛。
此时，石门湾四乡农村田野里，开满了一大片一大片
黄灿灿的油菜花，村边的桃花正开得粉红鲜艳，地里
的一片一片的桑树正爆着新叶芽，以及正趁着阳光蓬
蓬勃勃生长的青草，空气中弥漫着清香。田野里到处
是上坟的人们，男女老少，三三两两，成群结队，而
且接连三天都是如此。路远的，还要雇了船去，水乡
四通八达的小河，让沐浴在春天阳光里的孩子们感到
更加新鲜、快乐。丰子恺小时候坐船去上坟的情景，
直到他晚年依然恍如昨天，他说："正清明那天，上'大

清明小景

家坟'。这就是去上同族公共的祖坟。坟共有五六处，
须用两只船，整整上一天。"因为是坐船去乡下上坟，
就要在船上烧饭，在田野坟地上吃饭，丰子恺感觉"船
里烧出来的饭菜，滋味特别好"。大人就告诉他："家
里有灶君菩萨，把饭菜的好滋味先尝了去；而船里没
有灶君菩萨，所以船里烧出来的饭菜滋味特别好。"
童年的丰子恺觉得大人的话有道理。在农村的田野里
玩耍的快乐，让丰子恺在清明的三天扫墓活动中一天
都不肯落下。第三天，丰子恺参加自己家里的扫墓，
即扫私房坟，就是自己家的祖坟，大家叫它旗杆坟。
丰子恺当时就觉得，"一朝来到乡村田野，感觉异常新
鲜，心情特别快适，好似遨游五湖四海。因此我们把清
明扫墓当作无上的乐事"。其实，不光儿童对扫墓感觉
是一件快乐的事情，而且连大人、家长也感觉是乐事，
丰子恺的父亲曾经写过八首《扫墓竹枝词》，晚年的
丰子恺依然背诵如初。其中有："风柔日丽艳阳天，
老幼人人笑口开。三岁玉儿娇小甚，也教抱上画船来。"
可见，连丰子恺的父亲出门去扫墓也感到心情舒畅。
玉儿，就是丰子恺小时候的名字"慈玉"的爱称。

抗战时期，丰子恺逃难至广西桂林，1939年的清明节到了，桂林依然青山绿水，桃红柳绿，一派春意盎然。但是，逃难在异乡，又勾起了丰子恺对小时候在故乡清明扫墓的美好回忆。他在这一天的日记中写道："查箧中日历，知今日是阴历二月十七日，正清明也。回忆承平之年，此日此时，正当插柳栽花，踏青扫墓。不意今日流离，至于此极！真可谓'路上行人欲断魂'也。"表达出对过去清明扫墓时的快乐无限留恋之情！

新中国成立以后，丰子恺定居上海，清明节依然年年有，但清明踏青扫墓已经成为往事，环境已经不可能让丰子恺回到故乡扫墓。清明节的种种美好回忆，只能留在自己的记忆里。在1958年、1959年的两个清明节，丰子恺连续写了两首《一剪梅·清明》，在他喜爱的诗词里过清明。

一剪梅·清明

佳节清明绿化城，草色青青，树色青青。

室中也有绿成荫：窗上花盆，案上花盆。

日丽风和骀荡春，天意和平，人意和平。
人生难得两清明：时节清明，政治清明。

一剪梅·己亥清明

寒日清明放眼看，春满江南，万卉鲜妍。
乍晴乍雨好耕田，沃野连天，麦浪无边。

壅土施肥谷雨前，岁岁争先，岁岁丰年。
平凡劳动着先鞭，越是平凡，越是尊严。

丰子恺这两首《一剪梅》咏清明的词，分别发表在当年 4 月 5 日的《文汇报》上。虽然时代的色彩非常浓，但是他对祖国传统佳节清明的怀念、向往，跃然纸上。

（2015 年）

丰子恺的"酒德"与"酒画"

丰子恺先生的一生中，在文学、漫画、书法、音乐、翻译等各个方面，取得了伟大成就，一生出版一百六十多本书，是公认的二十世纪艺术大师。在他的日常生活中，也同样充满了情趣，其中，绍兴黄酒是与他相伴一生的最爱，也是与他的艺术创作结合紧密的伴侣。与生俱来的对绍兴黄酒的嗜好，让丰子恺在日常生活中对酒有着独特的生活感悟。

二十世纪四十年代末，丰子恺应开明书店老板章锡琛的邀请，去台湾访问考察。在台湾期间，丰子恺与章锡琛等朋友相聚甚欢，一起喝酒，谈古说今。本来，丰子恺觉得在台湾的朋友、学生不少，如果生活习惯，就想在台湾住下去，但是在和朋友们的谈笑中，尽管心情愉快，可台湾的酒实在不对丰子恺的胃口，味道太差，难以上口。而且当时在台湾买不到浙江的绍兴酒，这让丰子恺非常扫兴。后来，丰子恺学生胡治均知道后，赶快在上海买了两坛正宗的绍兴太雕托人带到台湾。据说当时收到正宗的绍兴黄酒，丰子恺心情大好，立刻在台湾开明书店举行一个"绍酒宴"，与朋友一起，尽兴品尝。此刻，丰子恺才知道自己在没有绍兴黄酒的地方，是不能长住下去的。

其实，丰子恺的好酒，基本上是遗传了他的父亲的。他的父亲丰镤是个举人，在家里教私塾。每天都要喝黄酒，而且不计菜肴，花生米、茴香豆、豆腐干等都是他的下酒菜肴，秋风起，杭嘉湖水乡的螃蟹便成为丰镤下酒菜肴中的上品。丰子恺每天就是在父亲的熏陶下，渐渐对绍兴黄酒有了感情，成为终身相伴的佳品。有一次，已经毕业多年的丰子恺到杭州，与几个老师一起吃饭喝酒，在老师的眼里，丰子恺永远是个学生，所以在酒席上老师问丰子恺会不会喝酒？丰子恺点点头，表示会喝酒。后来丰子恺在一篇文章中说，当时在心里想："酒我是老吃了！"只是在老师面前没有说出来。

一般情况下，丰子恺是每天都要喝绍兴黄酒的，如果没有黄酒，宁可不喝。在朋友圈里，丰子恺的酒德和好酒是出了名的。朋友相聚，大家见面后，常常一起上酒店喝酒，酒店大小不拘，下酒的菜肴好坏不论，但是一定要喝绍兴黄酒。丰子恺自己说过为什么一定要喝黄酒，他说："我所以不喜白酒而喜黄酒，原因很简单：就为了白酒容易醉，而黄酒不容易醉。'吃酒图醉，放债图利'，这种功利的吃酒，实在不合于吃酒的本旨。吃饭，吃药，是功利的。吃饭求饱，吃药求愈，是对的。但吃酒这件事，性状就完全不同。吃酒是为兴味，为享乐，不是求其速醉。比如二三人情投意合，促膝谈心，倘各人添上一杯黄酒在手，话兴一定更浓。吃到三杯，心窗洞开，真情挚语，娓娓而来。古人所谓'酒三昧'，即在于此。但决不可吃醉，醉了，胡言乱语，诽谤唾骂，甚至呕吐，打架。那真是不会吃酒，违背吃酒的本旨了。所以吃酒绝不是图醉。所以容易醉人的酒绝不是好酒。巴拿马赛会的评判员倘换了我，一定要把一等奖给绍兴黄酒。"

在日常生活中，丰子恺是得酒文化真谛的。朋友相聚喝酒，是一种温馨的友谊，有时虽然不醉，但也到了忘我的境界。有一次，丰子恺在上海马路上碰到好友郑振铎，郑振铎知道丰子恺的酒量，便对丰子恺说："子恺，我们吃西菜去。"丰子恺也知道郑振铎的好酒量，笑着说："好的。"于是，两个人往西走去，走到新世界对面的晋隆西菜馆的楼上，点了菜，要了酒，吃完后，郑振铎对丰子恺说："你身上有钱么？"丰子恺说："有的。"原来郑振铎请丰子恺喝酒，没有带钱。丰子恺付过五元钱后，两个人就醺醺然地下楼，回家。隔了一天，郑振铎去看望丰子恺，并拿出十元钱，还给丰子恺，说："前天要你付帐，今天我还你。"丰子恺推辞道："帐付过了，何必还我，更何必加倍还我呢？"两个人正在推来推去时，在旁边的同事刘先生见了，就过来抢了这张十元钞票，说："你们不要客气，拿到新江湾小店去吃酒吧。"于是，郑振铎、丰子恺、夏丏尊等七八个人，有说有笑地去新江湾那个小酒店里喝酒，大家尽兴而回。抗战开始后，丰子恺逃难到广西，在那里，丰子恺也和朋友喝酒，但是，有一次，丰子恺喝酒喝过头了，第二天醒来，对前一天晚上的事情全然忘了。对此，丰子恺深深自责。他在1939年5月8日的日记中写道："昨夜醉后同林仙、元草散步市中，买宜兴窑水盂一只而归。今日晨起见之，忘其来历。久之，始依稀记得。因痛悔昨夜之饮。渊明'且进杯中物'，诗中语耳，非记实也。吾昨夜奉陪友人，而照诗实行，以茅台酒、

田翁烂醉身如舞，两个儿童策上船

金橘酒倾杯中，而大进特进，以至醉而忘其所以，愚戆之极！渊明倘有知，必在地下窃笑。"可见丰子恺酒德之好！

抗战胜利后，丰子恺住在杭州西湖边上当寓公。有一天，郑振铎到杭州，晚上去"湖畔小屋"拜访十多年不见的丰子恺。不巧，丰子恺晚上喝酒以后去西湖边散步了，没有见到。第二天，丰子恺去旅馆拜访，郑振铎已经出门了，也没有见到。直到晚上，丰子恺在家里已经喝过一斤黄酒，有点酩酊起来。这时，郑振铎进来了，两人多年不见，丰子恺自然十分高兴，连已经喝过的一斤黄酒也消解得干干净净，忙问："吃饭了没有？"郑振铎说："在湖滨吃过了，喝了一斤黄酒。"丰子恺有点兴奋地说："我们再喝酒！"郑振铎立刻接上来说："好，不要什么菜蔬。"老朋友光临，好客的丰子恺有些兴奋，此时感觉"窗外有些微雨，月色朦胧，西湖不像昨夜的开颜发艳，却另有一种轻颦浅笑，温润静穆的姿态。昨夜宜于到湖边步月，今夜宜于在灯前和老友共饮"。于是，一会儿，一壶酒已经热好，酱鸭、酱肉、皮蛋、花生米等端上来了。两人开始对酌。十多年的往事仿佛都在这酒里，两人的酒越喝越多，话也越来越多，话音越来越响。"谈到酒酣耳热的时候，话声都变了呼号叫啸，把睡在隔壁房间里的人都惊醒"。喝到半夜，郑振铎要回旅馆，外面下着春雨，丰子恺给他一把伞，站在门口，看着郑振铎消失在湖畔的细雨里，丰子恺忽然想起十多年前那次喝酒的事，心想："他明天不要拿两把伞来还我！"

丰子恺自己会喝酒，对喝酒的种种状态，有许多艺术的理解，所以在丰子恺的漫画里，有着许多酒前、酒中、酒后的状态的描写，风趣幽默，充满生活气息，没有半点俗气。《酒家速写》中两个人在鸟笼之下，坐等酒家小二上菜，神态安详耐心。《小桌呼朋三面坐，留将一面与梅花》中三个朋友坐三面，一面是一株梅花，主妇从屋里送菜出来，三个人正在聊天等待，不急不躁，一副从容的样子。这些喝酒前的状态，在丰子恺的笔下，描摹得恰到好处；而在丰子恺漫画中那些喝酒的样子，同样非常可爱。《草草杯盘供语笑，昏昏灯火话平生》中，两个朋友在昏昏的灯火下浅酌，

草草杯盘供语笑，昏昏灯火话平生

一个孩子在边上吹煤炉，煤炉上有一壶酒正在温热。上面有个小窗，一只小猫在听着两个朋友说话。整个画面的气氛十分协调，充满生气也充满友情。但是，估计这还是刚刚开始喝酒。在漫画《主人醉倒不相劝，客反持杯劝主人》中，三个人中主人已经喝醉，两个客人反而在起劲地劝主人喝酒，喝醉的状态跃然纸上，让人忍俊不禁。在另一幅《三杯不记主人谁》的漫画里，四个朋友在热烈地喝酒，酒过三巡，气氛自然更加活跃！有了酒，有了这气氛，主人是谁自然不重要了。这就是丰子恺笔下的喝酒中的场景！至于喝醉之后的状态，在丰子恺的漫画里，同样憨态可掬让人喜欢。漫画《田翁烂醉身如舞，两个儿童策上船》里的烂醉如泥的田翁，摇摇晃晃跳舞一样从屋里出来，边上两个儿童扶着他往船上走。尤其可爱的是，喝酒喝得这么醉了，还要让人将剩下的半坛绍兴黄酒捧着跟在后面。这自然让人联想到，对酒，田翁他是真正的喜欢！

（2015 年）

丰子恺的"画车"与"坐车"

现在，已经看不到曾经在城市里辉煌一时的黄包车了。但是，当年的黄包车可是一个城市里的主要交通工具，也是城市里的一道亮丽风景。黄包车虽然热闹但是宁静，与现在铺天盖地的出租车相比，黄包车没有噪声，没有污染，给城市带来一片宁静。自然，当年的黄包车世界，也是一个万花筒一样的世界，充满着人间的喜怒哀乐。丰子恺对当年的黄包车世界里的人情冷暖，有着独到的感悟，从马路上的黄包车，到儿童世界里孩子想象中的黄包车，到自己在杭州坐黄包车时的奇遇，在漫画里，他将黄包车世界的人间冷暖表现得淋漓尽致。

丰子恺画黄包车由来已久，早在杭州浙江省立第一师范读书时，丰子恺的一幅写生《无题》，就是一幅黄包车的速写，也是他存世最早的两幅漫画作品之一：一辆黄包车在一棵树下面放着，一个小小的人影，低头无语，树也无言，黄包车也无语，一幅冷冷清清的画面，简简单单。从这一幅漫画开始，在丰子恺的漫画创作中，就会时不时地出现有关黄包车题材的漫画。有一次，丰子恺看见儿子把一个儿童座车当作黄包车来拉时，立刻把这个场景记录下来，画出一幅让人会心一笑的漫画《瞻瞻底车——黄包车》；还有一次，丰子恺看到孩子们在玩耍时，一个人两只手拉着一把椅子的扶手，自己的两只脚又被另外一个孩子拉着，拉着两只脚的孩子像拉黄包车一样，其模样非常可爱，丰子恺干脆将这幅儿童漫画题为《拉黄包车》。

后来，丰子恺发现从黄包车的画题中，可以表现出许多社会话题。有这样一幅画：两个小学要好的同学放学回家，一路上，手牵手，很友爱，但是在路上，看到一辆黄包车，一个同学的父亲拉着另一个同学的父亲！丰子恺后来将这幅画就起名为《两家的父亲》，社会阶层如此，一切都在不言中！在丰子恺生活的时代里，一对夫妇一堆孩子的情况是一种常见的现象，丰子恺有一天看见一对夫妇带着两个孩子挤在一部只能坐两个人的黄包车里面，两个车轮已经变形，拉黄包车的工人腰弯得看过去只剩下一个屁股一只脚。后来，丰子恺给这幅反映黄包车工人生活的漫画，起了个《满载而归》的题目，有点让人哭笑不得！

1931年，丰子恺看到一个黄包车夫的三四岁的孩子，乘他父亲不在的时候，学着他父亲的样子，拉起黄包车来。丰子恺立刻记下这个场景，创作了让人心痛的漫画《父业》。丰子恺还在西湖边看到一个女的黄包车夫拉客人的场景，丰子恺立刻将她想象成黄包车夫的妻子，画了一幅题为《黄包车妻》的漫画。

也许在那个时代里，"黄包车"是最能反映底层社会世态的缘故，丰子恺格外关注黄包车夫的生活现象，在他自己的漫画世界里为这些典型的底层人民留下一个曾经有过的历史瞬间。抗战胜利后，丰子恺回到杭州，居住在西湖边的"湖畔小屋"，所以他常常能够在早晨或者晚上观察到各种各样的黄包车夫的生活情状，发现这些底层的劳动者在辛苦一天以后，有时也常常自得其乐，甚至幽默一下。《西湖归车》里的两个黄包车夫一起回家，一路上，一个坐在黄包车上，反手拖着自己的黄包车拉手，享受一下让人拉着的感觉。一个在前面拉着，反正坐人要拉，不坐人也要拉着，所以他拉着同伴还不住回头和同伴说笑。

在那个时代，黄包车是城市里最主要的交通工具之一，丰子恺出门，也常常坐黄包车这种交通工具，丰子恺自己从上海到杭州，在城站下火车后，就坐黄包车到达目的地。他曾经在《街市形式》一文中说："在上海劳作了半个月，一旦工作告一小段落，偷闲乘通车到杭州来抽一口气。当我在城站下车，坐黄包车到达新市场时，望见这里一片广平的夜景，心头感到十分的快适。"可见坐在黄包车上看杭州夜景的丰子恺心情是放松的。记得丰子恺去见马一浮先生，得到马一浮先生教诲，从他家里出来，心情忽然开朗，无比愉快，他说："我走出陋巷，看见街角停着一辆黄包车，便不问价钱，跨了上去。"有一次，丰子恺在杭州西湖边喝茶，回家时将速写本忘在茶店里，到家后才发现。于是，丰子恺叫了一辆黄包车，沿着湖滨往茶店方向走。丰子恺后来在一篇文章中写道："车子走到湖边的马路上，望见前面有一个军人向我对面走来。我们隔着一条马路相向而行，不久这人渐渐和我相近。当他走到将要和我相遇的时候，他的革靴嘎然一响，立正，举手，向我行了一个有色有声的军礼。我平生不曾当过军人，也没有吃粮的朋友，对于这种敬礼全然不惯。不知怎样对付才好，一刹那心中混乱。

黄包车妻

但第二刹那我就决定不理睬他。因为我忽然悟到，这一定是他的长官走在我的后面，这敬礼与我是无关的。于是我不动声色地坐在车中，但把眼斜转去看他礼毕。我的车夫跑得正快，转瞬间我和这行礼者交手而过，背道而驰。我方才旋转头去，想看看我后面的受礼者是何等样人。不意后面并无车子，亦无行人，只有那个行礼者。他正也在回头看我，脸上表示愤怒之色，隔着二三丈的距离向我骂了一声悠长的'妈——的！'然后大踏步去了。我的车夫自从见我受了敬礼之后，拉得非常起劲。不久使我和这'妈——的'相去遥远了。"当时丰子恺"经过了一刹那间的惊异之后"，坐在黄包车里独自笑起来，心想："大概这军人有着一位长官，也戴墨镜，留长须，穿蓝布衣，其相貌和我相像。所以他误把敬礼给了我。但他终于发觉我不是他的长官，所以又拿悠长的'妈——的'来取消他的敬礼。"因坐黄包车而碰到这个奇遇，让丰子恺非常感慨。后来，丰子恺在文章中说："我记录了这段奇遇，作如是想：因误认而受敬，因误认而被骂。世间的毁誉荣辱有许多是这样的。"丰子恺从黄包车的代步工具中，发现了许多有趣的社会现象，坐黄包车时的奇遇，感悟到人世间的毁誉有许多是来自误认。

从"画车"到"坐车"，可以看出当年丰子恺笔下的社会世情，也可以看出艺术大师的社会情怀。

（2014 年）

丰子恺与翻译

　　读丰子恺先生的散文总有一种沁人心脾的感觉，回味无穷的同时又记忆一生，这种阅读着实是一种高级享受。所以，读过丰子恺的《缘缘堂随笔》之后，记住了这位文坛前贤，记住了丰子恺笔下那些充满艺术而又深刻的人生往事。然而本以为对丰子恺作品已经有所了解，却在品读丰子恺部分译文时，忽然发现本以为然的东西原来还只停留在一个方面，或者说一个侧面。集绘画、散文、音乐、翻译才华于一身的丰子恺在不少读者眼里仅仅是他的一个侧面，喜欢他漫画的人，往往只将其看成一个大画家，喜欢他散文的人，往往只将其看成一个散文大家，这也是自然的事。因为一个人的阅读精力是有限的，这往往制约了对一个大家尤其像丰子恺这样多才多艺的大家的全面认识。我的这篇文章也不例外，仅对丰子恺的翻译作品作些介绍，为喜欢丰子恺的读者对他多一个方面的了解。

　　说起丰子恺，看过他散文和漫画的人都知道其名。但丰子恺的人生经历，恐怕对有些读者来说，并不十分清楚。丰子恺是浙江桐乡市人，1898 年 11 月 9 日（农历九月二十六日）出生于浙江古运河畔的石门镇上。

他出生时，"丰同裕"染坊的丰家长辈们将他视为掌上明珠。因为在他出生之前，丰家已生有六个女儿，所以这在当时那个时代里，丰子恺的出生，自然成为丰家的喜事！丰家在石门镇上，既有诗礼传家的传统，又有和睦殷实的家境，父亲丰镁靠自己的刻苦在丰子恺5岁时考取了举人，成为当地的一件盛事！但遗憾的是，丰镁中举后却因丰子恺的祖母去世，只得丁忧在家。不久，父亲也去世，年仅42岁，给丰家带来难以估量的损失和影响。后来，丰子恺入石门镇溪西小学念书，成绩为小学校里的佼佼者。当时县里的督学徐芮荪到石门溪西小学视察，发现了品学兼优的丰子恺，便决然将自己长丰子恺两岁的女儿徐力民许配给丰子恺，并且为自己的女儿和丰子恺订了小亲。1914年，丰子恺以小学第一名的成绩毕业。后来报考杭州的浙江省立第一师范学校，以第三名的成绩被学校录取。在这个师范学校里，聚集着一大批精英学者，如经亨颐、夏丏尊、李叔同等等，丰子恺在那里整整学习了五年，于1919年毕业。同年年初，与从小订亲的徐力民结婚。7月份毕业后旋即应邀去上海专科师范学校担任教务主任，教授西洋画等课。1921年赴日本留学，10个月后，回到学校继续任教。后来又去上虞春晖中学教书，1924年冬离开春晖回到上海参与创办立达学园。此后，丰子恺先后在杭州、嘉兴、石门等地居住，1933年在石门"丰同裕"祖宅边上建造了缘缘堂。抗战爆发后，他携老带幼一路奔波，从浙江、江西、贵州而重庆，历尽艰辛。新中国成立前夕，丰子恺从香港飞上海定居。1954年起，任中国美协常务理事，上海美协副主席，1960年任上海中国画院首任院长，"文革"中遭受迫害，于1975年9月15日病逝，终年78岁。

丰子恺天资聪慧，勤奋刻苦，53岁学习俄语并翻译俄国文学作品，精通英文、日文，一生出版绘画、教育、音乐、文学、翻译著作达160多部，是一位著作等身的多才多艺的大师。

丰子恺的文学道路，是从翻译起步的。1921年冬，24岁的丰子恺在日本留学10个月后坐船回国，在漫长的海上旅途中，丰子恺开始翻译英日对照的屠格涅夫小说《初恋》。尽管《初恋》于1931年才出版，比丰子恺1925年最早出版的《苦闷的象征》迟了六年，但丰子恺依然把《初恋》称为自己"文笔生涯的'初恋'"。这部英汉对照的注释读物，在当时普及俄罗斯文学过程中，曾影响了一代文学爱好者。作家王西彦曾回忆自己"对屠格涅夫作品的爱好，《初恋》的英汉对照本也未始不是渊源的一个方面"。丰子恺先生在日本苦学10个月，对日本民情风俗和日本文学有许多切身感受，因而他一见到日本优秀作品，便有译介到中国的冲动。丰子恺先生后来回忆当年在日本见到古本《源氏物语》情景时说："当时我曾经希望把它译成中国文，然而那时候我正热衷于美术、音乐，不能下此决心。"这是当时丰子恺先生的一个梦想，40多年后，这梦想变成现实。

丰子恺带着许多美好回忆从日本回国后，不仅在归途中翻译了《初恋》，1925年4月还在商务印书馆出版了他的第一本译著——《苦闷的象征》，这是厨川白村的文艺论文集。当时，鲁迅先生也已将《苦闷的象征》译毕。两种译本同时译出并分别在上海、北京报刊连载，又分别在上海商务印书馆和北京北新书

挥毫

店出版。后来，丰子恺翻译《苦闷的象征》，鲁迅在
1925年1月9日写给王铸的信中也说到此书，告诉王
铸："我翻译的时候，听说丰子恺先生也有译本，现
则闻已付印，为'文学研究会丛书'之一。"1927年
11月27日，丰子恺去内山书店拜访鲁迅先生，谈起
翻译《苦闷的象征》时，曾抱歉地对鲁迅先生说："早
知道你在译，我就不会译了。"鲁迅先生也客气地说：
"早知道你在译，我也不会译了。其实这有什么关系，
在日本，一册书有五六种译本也不算多呢。"据说，
当时年轻的丰子恺听了很是感动。

　　丰子恺先生早期的翻译，主要集中在20年代至
30年代初，这段时间除了《苦闷的象征》《初恋》外，
还有《自杀俱乐部》以及艺术教育类的教材性质的作
品，如《艺术概论》《生活与音乐》等。另一个时期
是50年代至60年代初，这个时期是丰子恺先生翻译
的黄金时期，生活相对安定，时间充裕，主要译作除
了他钟爱的艺术教育类外，重点完成了《猎人笔记》《夏
目漱石选集》《石川啄木小说集》《蒙古短篇小说集》
《落洼物语》《肺腑之言》等，同时又完成了百万字

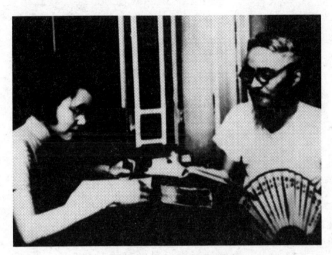

丰子恺与女儿丰一吟在家中翻译

的日本紫式部的《源氏物语》上、中、下三册。这些
译作成为丰子恺先生文学世界里的一个重要部分。

丰子恺先生翻译成果之丰与他的苦学是分不开的。
据说，丰子恺到日本后，"白天在川端洋画学校读美术，
晚上则苦攻日文和英文。他学日文，并不去专为中国
人而设的学校，他嫌这些学校进度过缓，却去日本人
办的英语学校，听日本老师用日语来讲解初等英语，

从教授英语中去学习日文"。丰子恺先生53岁那年，重拾俄文学习，几个月后便能读托尔斯泰的俄文原著《战争与和平》，最后将30余万字的屠格涅夫的《猎人笔记》译成中文出版。据丰一吟回忆，丰子恺先生学习一个外语单词，一般分四天来学，第一天读十遍、第二天读五遍、第三天读五遍、第四天读两遍，合起来22遍。在开始翻译的时候，丰子恺先生极为认真，真正力求每个字词句都能做到信、达、雅，所以女儿丰一吟在与他合译时，常常发现"父亲仰靠在椅背上望着窗外十一层楼的洋房发呆的时候，十有八九是为了想形容词的译法"。也正因此，我们今天读丰子恺先生的译作，才能感到丰子恺先生笔下的译文文笔流畅、辞章丰富、文采斐然。

　　丰子恺先生的全部译文，还没有收集起来集中出版过。浙江大学出版社用几年时间，花费了大量的人力、物力、财力，广泛收集整理出版丰子恺先生的译文，以18卷之巨和500多万字的规模出版《丰子恺译文集》，虽然不是全集，但已弥足珍贵。丰子恺先生的译文，除了大家熟知的《源氏物语》《我的同时代人的故事》等多卷本大部头外，还有《苦闷的象征》也特别值得一提，因其80年前出版后未曾重印过，是丰子恺先生第一本正式出版的译著。另外，二十世纪二三十年代，丰子恺先生发表在一些报刊上的翻译小说，同样是不可忽略的；但是，因为是80多年前的单篇发表的翻译作品，丰子恺先生从未收进集子过，所以一般的文学爱好者很难见到。在《丰子恺译文集》里，还值得关注的是收入了丰子恺当年应出版社之约翻译的但从未出版过的日本著名作家中野重治和大仓登代治的小说。其中《肺腑之言》是中野重治的自传体长篇小说，《派出所面前》是他的短篇小说；《美国猎》是日本作家大仓登代治的中篇小说。这些作品约30万字，都是丰子恺先生在50年代末或60年代初的译作。据著名翻译家文洁若老师告诉我，当年的《肺腑之言》都已经编辑好，只差开印了，却因为"文革"开始，出版社自顾不暇，出版《肺腑之言》自然就没有了结果。中野重治是日本著名诗人、作家、评论家。当代日本著名作家大江健三郎称其为"日本唯一能在文学与人品上接近鲁迅的作家"。相信丰子恺先生这些尘封近半个世纪的译作一旦问世，对日本文学的了解又将多了一个窗口。

在浙江大学出版社出版的《丰子恺译文集》里，除了日本作家石川啄木、和田古江的小说外，还有苏联作家柯罗连科的短篇小说以及美国作家霍桑的《泉上的幻影》、李奥柏特的《大自然与灵魂的对话》等一些很让人养眼的美文，以及一些有滋有味的短篇小说。丰子恺翻译的大名鼎鼎的屠格涅夫的重要小说《猎人笔记》，自然是丰子恺翻译中的重要作品。这是一部被高尔基称为"异常卓越"的作品，二十多年前有单行本问世。还有日本《竹取物语》《伊势物语》《落洼物语》三部小说，在二十多年前也曾结集单独印行过，因为这三部作品在丰子恺先生翻译生涯中有着重要意义，所以不得不看。丰子恺初试译笔的屠格涅夫作品《初恋》、厨川白村的《苦闷的象征》和英国作家霍恩比的《自杀俱乐部》，这三部作品都是七八十年前问世后再没有重印过，这次出版有鲜花重放的味道。日本作家夏目漱石的中篇小说《旅宿》，日本作家德富芦花的中篇小说《不如归》以及蒙古作家达姆定苏连的四个短篇小说，其细腻、清新、缠绵、优美，相信都会给人耳目一新的感觉。根据丰子恺先生的翻译手稿编辑出版的，主要有《肺腑之言》《美国猪》《派出所面前》等三部（篇）作品，我记得当时收到丰一吟同志寄来厚厚的手稿复印件时，十分震撼，丰子恺先生那熟悉的字体，在手稿里竟然那么干净和清楚。据文洁若老师告诉我，这部《肺腑之言》翻译手稿，是20世纪70年代末，寄还给丰一吟同志的。因此，这些作品的面世，不能不说是丰子恺文学宝库的新收获。

综览丰子恺先生译文，也可以看出丰子恺先生的审美风格和译笔文风。这些译文里，丰子恺先生以他丰富的学养和渊博的知识，使他笔下的译文真正做到了传统的信、达、雅的要求。人物故事生动、描述准确、语言丰富，哪怕一个细小部位，丰子恺先生总是尽量用最贴切甚至贴切到精确的程度来描写。可见，丰子恺先生的翻译是从来都不肯马虎的。据丰一吟回忆，丰子恺先生的译作尤其是晚年的，都是应出版社之约而翻译的，但丰子恺先生总是在了解作者的基础上研究原文，然后着手进行翻译。丰子恺年轻时曾尝试用英语的思维方式来翻译，"觉得其思想的精密与描写的深刻确是可喜"。但太久后又觉得变得沉闷、重浊了；于是，他真正开始翻译时，他又用了看西洋画一般的"兴味"去动起手来。最早的《初恋》就是在这样的想法和做法中开始的。

从翻译屠格涅夫的《初恋》着手，丰子恺的文学翻译活动显露出自己的偏好：一是对俄罗斯文学的喜爱。他读过不少俄文原作，50年代又专门翻译了屠格涅夫的《猎人笔记》这部被许多名人赞扬的小说，列宁曾在"多次反复地阅读过屠格涅夫的作品"后称赞其语言的伟大而雄壮。托尔斯泰认为，屠格涅夫的风景描写达到了顶峰，"以致在他以后，没有人敢下手碰这样的对象——大自然。两三笔一勾，大自然就发出芬芳的气息"。现在猜想，屠格涅夫的这种手法，与丰子恺先生的漫画创作思维恐怕有某些共通之处，所以艺术的共鸣让丰子恺先生特别钟爱屠格涅夫的作品。二是对日本文学情有独钟。丰子恺先生早年留学日本，对日本的风土人情、山川风物十分了解，他曾说："我是四十年前的东京旅客，我非常喜爱日本的风景和人民生活，说起日本，富士山、信浓川、樱花、红叶、神社、鸟居等浮现到我眼前来。中日两国本来是同种、同文的国家。远在一千九百年前，两国文化早已交流。我们都是席地而坐的人民，都是用筷子吃饭的人民。所以我觉得日本人民比欧美人民更加可亲。"他又说："记得有一次在江之岛，坐在红叶底下眺望大海，饮正宗酒。其时天风振袖，水光接天；十里红树，如锦如绣。三杯之后，我浑忘尘劳，几疑身在神仙世界。四十年来，这甘美的回忆时时闪现在我心头。"对日本风情的喜爱，是丰子恺先生对日本文学的了解和熟悉引起的，他的这种情感，浸淫在日本文学的翻译里。他二十世纪二三十年代的翻译，大量的是日本作家的著作，除译文集收入的《初恋》《自杀俱乐部》及少量短篇是俄国、英国作家作品外，当时几乎全是日本的作品，如田边尚雄的《孩子们的音乐》和《生活与音乐》、黑田鹏信的《艺术概论》、上田敏的《现代艺术十二讲》、门马直卫的《音乐的听法》、森口多里的《美术概论》等。30 年代也同样，译的除上面提及的《自杀俱乐部》外，其他都是日本作品。因此，

藏书如山积，读书如水流。山形有限度，水流无时休

可以说，丰子恺先生在日本留学 10 个月期间的艺术
熏陶对他一生的艺术价值取向至关重要。

丰子恺的译文，无论是其艺术价值还是思想价值
都具有较高水准。屠格涅夫是俄国的大文豪，有关他
的生平和文学贡献，丰一吟在《猎人笔记》的"译本序"
中已有充分精到的介绍；《落洼物语》等三部物语在
日本文学史上的地位和影响以及它们的艺术成就，唐
月梅先生在其"译本序"中也作了酣畅的阐述，读者
从中可以增长许多知识。

至于蒙古著名小说作家达姆定苏连，也许对今天
的读者来说已颇为陌生了，况且蒙古小说在中国的读
者群并不多。然而，也正是这一原因，许多中国读者
失去了领略蒙古小说的风采的机会。达姆定苏连，是
诗人、散文家、翻译家兼文学评论家，他 1929 年出
版的《被遗弃的姑娘》被选入蒙古文学教科书。1908
年他出生于蒙古国一个放牧者的家庭里，16 岁以前一
直和家人在广阔无涯的蒙古草原上过着游牧生活，因
此他有条件观察人民生活世态，看到多重压迫下人民
的劳苦。18 岁的达姆定苏连参加了人民革命军。在这

时立下了他的文学志向，并开始翻译和创作。1933 年
至 1938 年，达姆定苏连到苏联求学。40 年代他担任
了蒙古人民革命党中央委员会机关报《乌南》的主编。
丰子恺翻译的达姆定苏连的四个短篇小说主要是反映
蒙古普通人民的生活情况，有人评论，"严格的现实
主义，生活的知识，以及将生活充分具体地表现出来
的愿望，在达姆定苏连这里和温暖的抒情主义以及看
到祖国生活阴暗面的人物的轻松幽默结合在一起"。
所以"在他以简单而明朗的笔调描写故乡的自然景色
中特别明显地流露出来"。这些评价，在这四个短篇
小说中显得格外充分。那种身临其境的感觉以及蒙古
大草原上的气息，从字里行间扑面而来，那种与草原
生命同在的骏马的拟人化描写中，让人在阅读中深切
地感受到草原上人们与马的那种形影不离、相依为命
的深厚感情。所以相信，这些蒙古小说对今天的读者
来说，将会有一种久违的淡淡的而又亲切自然的感受。

　　而这次距离丰子恺先生翻译近半个世纪后面世的
日本著名作家中野重治的自传体长篇小说《肺腑之
言》，是中野重治的一部重要作品，曾获得日本 1955

年度每日出版文化奖。尽管在现当代日本文学发展中中野重治有他的重要地位，与中国广大读者熟悉的小林多喜二齐名，但由于中野重治在中国尤其是 21 世纪的读者中有些陌生，因此，趁《肺腑之言》的出版，先来简要介绍一下中野重治这位无产阶级诗人、小说家、评论家。1902 年 1 月 25 日，中野重治出生在日本福井县现坂井市丸冈町，父亲藤作是大藏省烟草专卖局职员，家里人丁兴旺，他有一个哥哥、三个妹妹。其中一个妹妹也是诗人。1924 年中野重治进东京帝国大学文学系德国文学专业学习，第二年由林房雄等人介绍，加入社会主义研究团体新人会，此后又与久板蒙二郎、鹿地亘等组织东京帝国大学社会文艺研究会。1926 年初，中野重治创作的小说《愚蠢的女人》获《静冈新报》一等奖。同年受新人会委派，参加共同印刷厂罢工斗争。自传体长篇小说《肺腑之言》就是主要叙述受新人会委派去组织罢工斗争这段经历。

不久，中野重治又与千田是也、叶山嘉树等人组织马克思主义艺术研究会，并与西泽隆二、堀辰雄等人创办同人杂志《驴马》，发表《黎明前的再见》

《歌》《火车头》等诗篇，成为日本无产阶级重要诗人。
同年底加入无产阶级艺术联盟，当选为中央委员。此
后为揭露当局对日本共产党的镇压，把主要精力用在
写小说和评论上。小说《早春的风》讲述一个婴孩在
3月15日日本政府对共产党的大逮捕中被折磨致死的
故事，揭露统治当局的残暴，歌颂共产党人英勇不屈
的斗争精神。这个时期反映工农群众反对地主、资本
家斗争的小说有：《老铁的故事》（1929）、《停车
场院》（1929）、《年轻人》（1929）、《波谷》（1930）
和《开垦》（1931）等等。1931年夏，在日本共产
党屡遭镇压时期加入日本共产党，第二年被捕，1934
年作了退出共产主义运动的保证后出狱。从1935年1
月起至1936年写了五篇所谓"转向"小说，抒发他
转向后的痛苦心情，对那些坚贞不屈的同志表示敬仰，
也流露出继续创作和革命的意向。1937年创作了描写
铁路工人生活和斗争的小说《火车司炉》后受到内务
省警保局禁止创作的处分。1939年他见控制稍有松动，
又拿起笔写自传体中篇小说《告别短歌》和《空想家
与脚本》，分别写他学生时代思想成长的过程，以及

被勒令停止写作后在东京社会局做着无聊的抄写工作的情景。1940年完成重要评论《斋藤茂吉作品阅读笔记》，流露出"对天皇、战争和法西斯暗中抵抗的意识"。1945年11月，重新加入日本共产党，积极参加新日本文学会的组织工作。1947年当选为参议院议员。同年问世的《五勺酒》，对日本共产党的斗争历史进行反思，被认为是他战后的代表作和当时日本文学的杰作之一。战后其他主要著作有评论《批评的人性》，50年代以后主要著作有自传体小说《五脏六腑》（1954）和《梨花》（1958），以及描写日本共产党近半个世纪曲折斗争的《甲乙丙丁》。1964年因反对日本共产党中央处分神山茂夫而被开除出党。1979年夏天，逝世于东京。日本福井保存了中野重治的故居，并建有中野重治文库（资料馆），已成为今天福井的一个观光的文化景点。

这里，我之所以不厌其烦地着重介绍中野重治这位作家，因为新世纪的中国读者对《肺腑之言》的作者了解不多，笔者承日本福井的朋友提供相关材料，才对中野重治先生的生平有个大致了解，相信对了解

《肺腑之言》会有助益。中野重治的小说，除自传体长篇小说《肺腑之言》外，丰子恺当时还翻译了他的一个短篇小说《派出所面前》，因为手稿从未发表过，这次也一并收入。这个短篇小说讲述了日本警察欺压百姓的故事，情节并不复杂，但揭示的主题十分深刻，语言也十分洗练，所以也是值得一读的。

总之，浙江大学出版社出版的《丰子恺译文集》是一部值得期待的文学精品，从中可以全面了解到丰子恺翻译的题材不一、风格各异、语言丰富、故事精彩的外国文学作品，也能体会到丰子恺的翻译智慧和心血以及他的审美理想。相信丰子恺先生的译文和他的散文一样，都是文学世界的宝贵财富。

（2013 年）

丰子恺与杭州

杭州是丰子恺最钟情的地方，在他结缘杭州近 60年的岁月里，杭州这个地方，始终是被丰子恺称道最多的地方。是除了他故乡石门湾缘缘堂之外的最好、最美的地方。

同样，杭州之于丰子恺的人生道路、艺术探寻，也是绕不过去的存在。

负笈杭州

在丰子恺的人生道路上，他在故乡石门湾生聚歌哭十七年后，在 1914 年的暑假，丰子恺与石门西溪小学校长沈蕙荪及其儿子沈元一起，离开故乡赴杭州求学。

1914 年暑假，一段寻常的日子，但对丰子恺以后的人生之路而言，却是他人生抉择中的一个亮点。杭州，成为影响丰子恺一生的地方。

1914 年夏，丰子恺与沈蕙荪父子一起到杭州考试，当时 17 岁的丰子恺到杭州考试，压力还是有的。因为毕竟是在石门这个相当于乡下的小镇上求学的，城市里的知识对丰子恺来说，自然还有许多未知；虽然丰子恺小学毕业考了第一名，但一个年级总共才7个人；还有母亲对丰子恺的叮咛和期许，让丰子恺临上路时吃糕吃粽子，也让丰子恺体味到母亲殷切的期望和当年父亲赴杭州参加会试时的沉重！因此，丰子恺后来曾回忆当时自己的心态时说，"我的唯一的挂念，是恐怕这回的入学试验不能通过，落第回家"。

1914年秋天的杭州，注定要与一个艺术大师结缘，石门湾出来的这个17岁的青年人丰子恺，在杭州的湖光山色里，在书声琅琅中开始他人生中的杭州缘。

在杭州读书的寂寞，让年轻的丰子恺把所有时间都倾注到功课里面，同时，他的天才和勤奋，他的悟性和聪颖，让丰子恺在浙江省立第一师范的前几年屡屡获得第一名。也许这是天才和寂寞带来的收获和益处。丰子恺说过："我抱了求知识的目的而入养成小学教员的师范学校，我的懊恼是应该有的。幸而预科以后，学校中的知识学科也多加深起来，我只要能得知识欲的满足，就像小孩得糖而安静了。我又如在小学时一样埋头用功，勤修一切的功课，学期试验成绩也屡次列在第一名。"

对老师夏丏尊的人品学问，丰子恺渐渐感觉到了，夏先生心热也心直，事无巨细，把学生当作自己家的孩子，他骂你，是真正的爱你。丰子恺感觉到夏丏尊"对学生如对子女，率直开导，不用敷衍、欺蒙、压迫等手段"。当时"学生们最初觉得忠言逆耳，看见他的头大而圆，就给他起这个诨名"——大家背后称他"夏木瓜"。"后来大家都知道夏先生是真爱我们，这个绰号就变成了爱称而沿用下去"。丰子恺回忆说，"放假日子，学生出门，夏先生看见了便喊：'早些回来，勿可吃酒啊！'学生笑着连说：'不吃，不吃！'赶快走路。走得远了，夏先生还要大喊：'铜钿少用些！'学生一方面笑他，一方面实在感激他，敬爱他。"这样敬业的老师培养出来的学生，情操高尚是必然的。

校长经亨颐人格教育和与时俱进的教育思想以及经校长为师范学校制订的"勤慎诚恕"校训，深深影响了青年学生丰子恺！

在杭州浙一师求学期间，对丰子恺影响最大最深乃至影响一生的，恐怕要首推李叔同先生。在人生观、艺术观等方面，丰子恺深受李叔同的影响。李叔同的教育个性，被丰子恺称为"爸爸的教育"。从某种意义上讲，李叔同对丰子恺的影响，是任何人替代不了的。

杭州漫画

丰子恺是中国漫画大师，他的漫画是从什么地方开始学的呢？最早的一幅漫画在哪里画的？恐怕喜欢丰子恺漫画的人也不一定知道。其实，丰子恺在浙一师时就开始漫画创作了，现存第一幅漫画《清泰门外》就是在杭州创作的。

杭州的湖光山色让丰子恺的漫画创作源源不断，绘画能力日臻成熟——他是在西湖边学素描速写中一步步走向艺术顶峰的。在丰子恺的漫画世界里，杭州西湖的漫画，林林总总，不亚于杭州美丽的花园，而且杭州历史的沧桑透过丰子恺的画笔，在"子恺漫画"里显现出来。

所以，杭州、西湖等这些本身就充满艺术元素的地方，是丰子恺漫画里一个绕不过去的存在。离开杭州，离开西湖去研究丰子恺漫画，都是不完整的。

丰子恺漫画滋润了整个二十世纪，在我看来，真心欢喜丰子恺漫画的人，大都是有向善情怀的人。楼岛先生在 1949 年 4 月 15 日香港《星岛日报》上撰文介绍丰子恺，其中有一段话，至今仍觉深刻，他认为丰子恺的漫画，"不只是看，是要细读的，因为他给人们的不只是一些笔墨的画像，更甚的是深长的回味。"因为漫画里面蕴含着真善美的意蕴，要细细品味的。

确切地说，丰子恺的漫画是从西湖边的清泰门起步的。现存丰子恺数以千计的漫画中，最早的就是那幅沈本千保存六十年的《清泰门外》。这幅漫画画于 1918 年 5 月。

丰子恺在杭州写生和画漫画前后达数十年，经历了抗战前后和新中国成立后的岁月，其人生也在这里度过了青年、中年及晚年。因此，在丰子恺的漫画里，留下了许多时代的印记，也留下了杭州及西湖的风雨岁月。

杭州寓公

丰子恺除了年轻时在杭州求学之外，二十世纪的

荷花娇欲语，愁煞荡舟人

三十年代和四十年代两次在杭州作寓公。第一次是
1934 年 9 月开始租杭州皇亲巷六号作别寓。1936 年 8
月，又租杭州马市街 156 号。10 月起租田家园 3 号，
一直住到 1937 年；第二次是抗战结束后，丰子恺从
重庆返回浙江，1946 年下半年到杭州租住西湖招贤寺
旁平屋，次年春天的 3 月，正式在静江路（今北山路）
85 号小平屋租住，称"湖畔小屋"，此后在此大约住
了一年半左右。

　　丰子恺在杭州市当寓公，无论在其一生经历里，
还是在其艺术生涯中，都有不可忽视的影响。

杭州师友

　　丰子恺一生与杭州结下不解之缘，不仅大量优秀
画作取材于西湖，还创作了不少描写杭州的美文，这
些漫画和美文的背后，是丰子恺深受在杭州认识的师
友的影响。这些师友在丰子恺的一生里，有的指引丰
子恺的人生道路，如李叔同、夏丏尊、马一浮等；有
的与丰子恺切磋技艺，如他的一些同学；有的为丰子

恺的生活提供帮助，如易昭雪等；也有的在杭州增进了与丰子恺的友谊，如郑振铎、苏步青等。

因为与杭州的缘分，丰子恺遇到一辈子敬重的李叔同老师和大师马一浮。

还在浙江第一师范学校读书时，丰子恺就随老师李叔同一起去见马一浮。所以，从现有资料来分析，丰子恺最早知道马一浮先生并留下深刻印象的，是李叔同先生对丰子恺说过的一席话。丰子恺回忆说："记得青年时，弘一法师做我们图画音乐先生，常带我去见马先生，这时马先生年只三十余岁。弘一法师有天对我说：'马先生是生而知之的，假定有一个人，生出来就读书，而且每天读两本（他用食指和拇指略示书之厚薄），而且读了就会背诵，读到马先生的年纪，所读的还不及马先生之多。'当时我想象不到这境地，视为神话。"那时，丰子恺还只是浙一师的一个学生。

文章杭州

丰子恺对杭州一往情深。他在散文中，对杭州的赞美，对西湖山水的情感寄托，对杭州相识师友的记挂，都留下充满情感的文字。

初步梳理，丰子恺的散文创作中，涉及杭州风土人情的文章有二十余篇。这些文章，都是丰子恺有感而发、有情而发。其中有回忆自己在杭州求学时的师友的，如《伯豪之死》《法味》《陋巷》《寄宿舍生活的回忆》等；有记录自己在杭州经历的趣闻轶事的，如《告窃画人》《山中避雨》《钱江看潮记》《荣辱》《塘栖》《江中影画记》《三娘娘》等；还有直接写西湖边的往事的，如《放生》《西湖船》《湖畔夜饮》《西湖春游》《杭州写生》等；其他还有《读书》《宴会之苦》《市街形式》《家》等文章，或赞美，或调侃，妙趣横生的同时让人会心一笑。这些文章，从艺术家的视角，发现了常人没有发现的西湖之美，道出了常人未道的体味，可见丰子恺对第二故乡的杭州，倾注了一腔热情。尤其是新中国成立后，丰子恺对西湖也作了新旧对比，赞美西湖的新生。

丰子恺有时还直抒胸臆表达自己的观感，有时借古赞今，用古诗词来欣赏湖光山色，但有时也用比较的艺术手法来赞美，其中还用杭州与其他某个城市来比较，赞美杭州之美，有时将过去与现在比较，赞美现在的西湖。

难忘杭州

杭州作为丰子恺的第二故乡，一直是丰子恺魂牵梦萦的地方，是他一生难忘的地方。他曾说："西湖于我，可谓第二故乡。幼时求学于此，中年卜居于此，胜利后复无家可归，即僦居于此，先后凡十余年矣。"

是啊，丰子恺一生中，与杭州的因缘是永远无法割舍的，与杭州的感情，是上海等其他地方所无法比拟的。杭州在丰子恺的人生里，举足轻重，影响他的人生观、价值观、艺术观，杭州在其艺术成就中也占有重要地位。所以，丰子恺对杭州的感情，是现代文化人中最为浓烈、持久的一位。

（2014 年）

都是方言引起的

　　语言是人们交流的工具，我国一向提倡并法定以北京语音为标准，以北方话为基础方言，以典范的现代白话著作为语法规范的现代汉民族共同语。讲普通话已经成为全国人民的共识和共同努力的目标。但是，由于历史、文化等原因，地方语言在一定历史阶段依然仍在，作为一种言语的地方变体，在语言、词汇、语法上保持其特点的方言，在人们的日常生活中依然起着交际作用。然而，因为方言的特殊性，不少方言的地域性十分明显，一个县一个区的方言，出了这个县这个区，就无人能懂，即使听懂，外人却难以学说，所以，由方言引起的笑话趣事也时有所闻。

　　浙江萧山县（今为杭州市萧山区）的正宗方言，其语音腔调很像日本人说话，范围并不广，主要是土著——本乡本土的萧山人才会说能听，而外面的人听萧山方言，仿佛在听日本人说话。传说二十世纪八十年代，萧山的一个企业家西装革履开着奔驰去城里办事。不料，这个企业家虽然亲自驾驶奔驰车，却不大懂得城市里的交通规则，被马路上的交警拦了下来。交警示意停车后，"啪"一个敬礼，让驾驶员出来纠正违章。交警的举动，让这个企业家着实吓了一跳，他嘟嘟哝哝一脸不高兴，一下车，就用萧山话一边说："碰都没有碰到，吓都吓坏了！"一边绕着车子巡看有没有碰伤车子。以致让围观的人以为碰到一个日本外宾。

萧山方言听起来像日本话的事，不独这个传说，二十世纪三十年代抗日战争期间，丰子恺听到一个与"夫子貌似阳货，几乎送了性命"相似的故事，这个故事也是由方言引起的，故事文字不长，抄在这里以共飨：

喜　剧

同学孔君从浙江走浙赣路来汉口。一下车，就被警察错认为日本间谍，拉去拘禁在公安局。因为孔君脸色焦黄，眉浓目小，两颊多须，剃成青色，而且西发光泽，洋服楚楚，外形真像日本人。警察的错认是难怪的。

他向警察声辩，说是自家人，不是敌人。警察问："你是中国哪地方人？"孔君答："我是浙江萧山人，刚才从萧山来。"警察问："你

话桑麻

是萧山人，应该会讲萧山话。你讲几句看！"
孔君就讲了一套地道的萧山话。警察冷笑着说：
"你们日本人真有小聪明，萧山话学得很像！"
这使孔君无法置辩，只得任其拘禁。一面设法
打电话通知汉口的朋友，托他们来保。结果被
拘禁五六小时，方始恢复自由。演了一出喜剧。

　　晚上我同孔君共饮，就用这件逸事下酒。
我安慰孔君说："你虽失却了五六小时的自由，
但总是可喜的。我们侦察日本间谍，惟恐其不
严。过严是可以体谅的。你们孔家人往往吃这
种眼前亏，昔夫子貌似阳货，送了性命，今足
下貌似敌人，失却五六小时的自由，是便宜的。"

丰子恺笔下因方言引起的"喜剧"，足以让人会
心一笑。

（2012 年）

丰子恺的诗词

　　坦率地说，在丰子恺的文学宝库里，其诗词一直为研究者、出版者所忽略，所以至今没有出版过一本丰子恺诗词专集。因此，一般读者很难窥得丰子恺诗词全貌。其实，那些散落在丰子恺散文里、漫画里、歌声里的诗词，却常常引诱"丰子恺迷"走进丰子恺的文学殿堂里寻访，但因为不完整，也常常让丰子恺诗词爱好者顾此失彼，无法探得全貌而引以为憾。直到吴浩然先生收集整理出版了丰子恺诗词（《丰子恺诗词选》齐鲁书社2010年4月出版），才为丰子恺诗词爱好者提供了一个欣赏丰子恺全部诗词的机会，了却了丰子恺诗词爱好者的心愿。

　　丰子恺一生出版160多部著作，但是他生前没有出版过个人的诗词集。丰子恺的诗词，最早是1918年在浙一师当学生时写的八首诗词，最晚的写于1975年，时间跨度近一个甲子，式样所及，除与人酬酢诗词外，还有题画诗、歌词等等，比那些专职诗词家的创作题材还要广泛，而内容则更是林林总总，折射出丰富多彩的生活情状。他大到写抗战国难、宗教护生，

留客题诗夜煮茶

小到写人的生日、生物生灵；他也写时尚的应景诗词，歌颂当下某项运动。但总的来看，丰子恺擅长的还是对宗教的感悟和对人性生灵的情怀书写。丰子恺的这些诗词虽然浅白，但让人读过之后有觉悟之感，大量的护生诗有如泣如诉的，也有悲天悯人的，读过之后，会在人性深处生出一种善的情愫。

但并不是丰子恺写的诗词一概都好，在我读来，丰子恺写的那些应时应景的诗词，仿佛与丰子恺那种率真性情相去甚远。有些诗词，也有同时代共有的弊病，标语口号式的文字，很难与丰子恺这样的艺术家联系起来，而且这些时政性诗词——姑且这样称谓，出自丰子恺笔下，无论思想性还是艺术性似乎都没有当时那些时政性诗词作家们娴熟，读起来有些别扭、拗口。"生产全面'大跃进'，到处传来报喜讯。欢呼声和拍手声，收音机里闹盈盈。家家户户听广播，男女老少同欢欣。保证继续'大跃进'，人民幸福年年增。"但是，平心而论，即使写这些时政性诗词，丰子恺也是发自内心的，绝不是无病呻吟，故作姿态！相反，这些诗词也体现出艺术家的真诚，因为在时代的大环境里，先知先觉的人毕竟是个别的，当时谁不为三面红旗的高高飘扬而激动呢？今天读丰子恺这样的艺术家写的这些诗词只不过有些别样的感觉而已。

　　丰子恺的诗词虽然无法与漫画、散文相提并论，却伴随着丰子恺的艺术人生从青年走向晚年，从青涩走向成熟。而且在丰子恺的生活里，写诗词和他喝绍兴老酒一样，是他艺术生活不可或缺的一部分。因此，欣赏丰子恺的诗词，可以看出丰子恺的心路历程，学生时代的诗词典雅、老气横秋，如"荻花洲，斜阳道。一片凄凉秋早。异乡风物故乡心，镇日频相萦绕。桐叶落，杨枝袅。做弄闲愁闲恼。秋来春去怅浮生，如此年华易老"。青年时代的诗词有对儿童的赞美和欣赏，如"阿宝年十一，懒惰故无匹。阿先已二五，终日低头立。软软年九岁，犹坐满娘膝。华瞻垂七龄，但觅巧克力。元草已四岁，尿屎还撒出。不如小一宁，乡下去作客"。中年时代经历战火，这位一心向善的艺术家也无法遏制自己的愤怒心情，作诗声讨和泄怒："东邻有小国，其地实寒微。幸傍大中华，犹得借光辉。初通霸国术，遂尔图杀罪。飞机兼炮火，杀人复掠地。

蜘蛛想洗澡

思以非人道，胁我神明裔。岂知中华民，万众一心齐。群起卫社稷，抗战为正义。胜暴当以仁，不在兵甲利。仁者本无敌，哀哉小东夷。"诗中充满带有爱国情怀的谴责。1959 年，丰子恺参加全国人大政协会议后，曾写过"大团结，瑞气绕京城，日月光华临国土，氤氲佳气满乾坤，万世乐升平"的诗词，满怀喜悦流露于字里行间。后来，有机会游历祖国各地，丰子恺也率性随手作诗词记游，形象生动，神形兼备。而晚年偶尔与人唱和或与人诗词酬酢，却在平淡中见深刻，浅白中显真情。

总之，丰子恺的艺术人生里，无论是记事怀人，还是对国难忧心，都在诗词里留下深深的印痕。在丰子恺先生逝世三十多年后，出版丰子恺诗词，实在是件值得世人称道的美事，让后人在怀念丰子恺这位艺术大师的同时，又可图文并茂地欣赏到丰子恺所写的长长短短的诗词，对全面认识丰子恺的艺术成就大有裨益。

（2009 年）

丰子恺与《烽火》

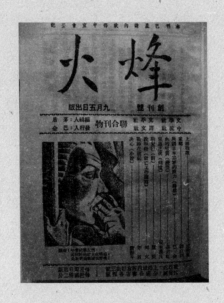

　　1937 年 8 月 14 日，即上海"八一三事变"之后的第二天，这一天是星期六。茅盾等进步作家们例行的聚餐会照常进行，不过来的人数多了一倍，都希望打听外面的情况和下一步的计划。所以临时又增加一桌。餐桌上的文人们个个摩拳擦掌热血沸腾，面对即将到来的全民抗战，作家们如何"发声"？如何为波澜壮阔的抗战摇旗呐喊？茅盾认为，"在必要的时候，我们人人都要有拿起枪来的决心，但是在目前，我们不要求作家艺术家投笔从戎，在抗日战争中，文艺战线也是一条重要战线。我们的武器就是手中的笔，我们要用它来描绘抗日战士的英姿，用它来喊出四万万同胞保卫国土的决心，也用它来揭露汉奸、亲日派的丑恶嘴脸。但我们的工作岗位将不再在亭子间，而是在前线、慰劳队、流动剧团、工厂等等。总之，我们要趁这大时代的洪流，把文艺工作深入到大众中去，提高大众的抗战觉悟，开创出一个抗战文艺的新局面来。"席间，大家才知道，一些大型文学刊物如《文学》《中流》《文丛》《译文》因为战争都将停刊。所以，聚餐中大家七嘴八舌，认为全民抗战的时代里不能没有反映抗战的刊物，建议尽快创办一个小型刊物，以适应当前抗战非常时期的需要。最后，大家同意以四个刊物的名义办一个周刊，办刊资金也由《文学》等4个刊物的同人自筹。席间，大家推举茅盾来负责这个刊物的主编。在这样的非常时期，茅盾承担起这个白手办刊的责任，他曾说："战友们的信任和期待，使我义不容辞。"14日的聚餐会一结束，茅盾就拉了老友冯雪峰去找巴金，研究办刊的具体事宜。后来将刊物取名为《呐喊》，并明确在这非常时期，作家写稿尽义务，不付稿费。十五日，《文学》《中流》《文丛》《译文》等4个刊物的主编商量，新刊《呐喊》作为四个刊物的联合周刊，编辑人茅盾，发行人巴金，总经售为文化生活出版社。茅盾立即动手写创刊献词《站上各自的岗位》。

《呐喊》在1937年8月25日创刊，在创刊号上发表"本刊启事"："沪战发生，文学、文丛、中流、译文等四刊物暂时不能出版，四社同人当此非常时期，思竭绵薄，为我前方忠勇之将士，后方义愤之民众，奋其秃笔，呐喊助威，爰集群力，合组此小小刊物。

倘蒙各方同仁，惠于文稿及木刻漫画，无任欢迎。但本刊排印纸张等经费皆同人自筹，编辑写稿，咸尽义务，对于外来投稿，除赠本刊外，概不致酬，尚祈亮鉴。《呐喊》周报同人启。"创刊号出版后，大受欢迎。8月29日，如期出版了第二期。但是《呐喊》出刊两期之后，因为国民政府要求登记注册，否则不予承认。所以茅盾、巴金他们趁此改为《烽火》，并以登记备案后，于9月5日出版《烽火》，封面上方加上"本刊已呈请内政部中宣会登记"字样。因为已经过批准，所以又将这一期标为创刊号，继续着《呐喊》定下的规矩和风格，为抗战摇旗呐喊。

但是，当时文人们要抗日谈何容易，1937年11月21日《烽火》周刊出版到第12期时，虽然已登记备案，但仍被上海租界当局禁止，被迫停刊。不过，无论《呐喊》还是《烽火》，影响已经产生，茅盾、王统照、巴金、刘白羽、周文、黎烈文、黄源、胡风、靳以、萧乾、郑振铎等著名作家纷纷义务为这个抗战刊物写稿。

茅盾在1937年10月份离开上海后，刊物的编务等工作交给巴金先生负责，所以，后来巴金先生到广州以后，由文化生活出版社继续出版《烽火》，此时已是1938年5月1日的事了。那时刊物虽然署编辑人巴金，发行人茅盾，其实，茅盾当时已在香港编《文艺阵地》，无法负责《烽火》事务。所以，巴金已经是这个刊物的实际主编。除了编辑人、发行人变化外，此时的《烽火》与上年创刊的《烽火》还有一些变化，一是周刊变为旬刊，每月一日、十一日、二十一日出版；还有外稿一经刊用，能"略致薄酬"，大概当时文化生活出版社的经济状况还能承受；还有，复刊后登有"复刊献词"的同时，还把上年茅盾写的"创刊献词"《站上各自的岗位》重新刊发在复刊的第十三期上，表示一种延续。

此时的丰子恺正在逃难途中。1937年他在老家缘缘堂过完40岁生日后不久，就开始率全家老少十余口人开始逃难。一路上风餐露宿，走走停停，坎坎坷坷，经江西、湖南，于1938年4月到达汉口，后又在6月24日到达后方桂林。一路上，丰子恺创作大量抗战作品，有漫画、诗词、歌词，有散文、短论，据

1938 年上半年的不完全统计，丰子恺创作的反映抗战的作品有：《避寇萍乡代女儿作》（诗），《高阳台》（词），《幼女之愿》（歌词），《漫画中笔杆抗战的先锋》、《决心——避寇日记之一》、《谈抗战歌曲》、《劳者自歌》（一组短文），《我们四百兆人》（歌词），《爱护同胞》、《望江南》（词），《告缘缘堂在天之灵》、《漫画阿 Q 正传》（重绘），《还我缘缘堂》、《一饭之恩——避寇日记之一》、《仁者无敌歌》、《题一九三八年画》（诗），《炸弹的种子》、《引蚊深入》、《未来的国民——新枚》、《卑怯和自私》、《桂林初面》等等，几乎全部是与抗战有关的作品。

丰子恺到桂林后，开始有作品发表在巴金主编的《烽火》上。漫画《敌马》发表在第 17 期《烽火》上，作为本期的第一篇。这幅丰子恺创作于 1938 年 8 月的漫画《敌马》用了一个拟人化的主题："敌马被俘虏，牵到后方来。自知罪恶重，不敢把头抬。"画中一个军人牵着一匹马在大树下低头吃草，一群人在观看。因为连马都知罪，何况日寇侵略军！也许正因为漫画有这样别致的寓意，巴金先生将它作为首篇推出，发

青年巴金　　　　　　　青年茅盾

表在《烽火》这样的抗日刊物上。不久，丰子恺的两
篇短论，发表在第 18 期《烽火》上，其中一篇为《大
奸灭亲》，另一篇为《有纸如牢》，这两篇短论，一
如丰子恺缘缘堂散文风格，既诙谐幽默，又似投枪匕
首，入木三分，是抗战中的短论佳作。文章不长，辑
录如下：

大奸灭亲

抗战开始后不久，汉奸黄睿父子被捕，
在南京正法。听说临刑时候，父子二人还在
法场上互相推诿。父子二人笔迹很相似。故
父亲说："冤枉！这全是我儿子的笔迹，与
我无干！"儿子说："饶了我吧！这全是我
父亲的笔迹，与我无关！"结果父子皆枪决。

我想起了孔子的话。《论语》："叶公
语孔子曰：吾党有直躬者，其父攘羊，而子
证之。孔子曰，吾党之直者异于是：父为子
隐，子为父隐。"前述的父子两汉奸，听说
都是知识分子，其父还是"诗人"。大约他

们都读过孔孟之书，所以想在法场上效法叶公所谓直躬者，而行"其父攘羊，而子证之"的故事吧？

古人有"大义灭亲"之说。这父子两汉奸可谓"大奸灭亲"。

有纸如牢

日本飞机师向中国人民滥施轰炸，惨无人道。各国人士在报纸上指摘日军的暴行。日本飞机师说："难道这张纸真能阻止我么？"他们不顾一切指摘，管自继续他们的暴行，自以为强。

强权抹杀公理，暴力毁灭人道，人类变成禽兽！可叹可哭！

然而我们决不失望，因为我们确信报纸真能阻止暴行，报纸真能阻止炸弹。

因为在世界上，爱好和平的人居大多数，暴行的为仅少数，有人心的居大多数，人面兽心的为仅少数。他们虽然目前横行一时，结果总是寡不敌众。故最后胜利必属于爱好和平的人。

古人云"有笔如刀"。现在我们可以说："有纸如牢"。这些报纸积厚起来，可以变成一个牢不可破的牢，无期监禁世界上一切的暴徒，使他们自灭。

这两篇短论，可见丰子恺的抗日激情和正义之情。在第19期《烽火》上，丰子恺又发表《警钟》一篇短文。这篇短论，同样文字不多，现录在这里，以供大家共赏：

警　钟

前方正在血战，后方间有醉生梦死的人管自耽于逸乐，或穷奢极欲不稍敛迹者，这些人并非丧尽天良，毫无同情，实因眼光短浅，只见目前而不能想像眼睛背后的事之故。倘一旦拉他们上前线，请看一看血泊肉弹的惨状，则人非木石，心中总有感动，行为自当改变。

但这些人究竟是少数。现今大都数的

中国人，都明白国难严重，都知道克苦自励，都怀着敌忾同仇，连老妪小孩都知道"中华民族，到了最危险的时候"。这四万万五千万人一致团结的"全面抗战"，固然是领袖的坚决的精神所唤起，但一方面我们不得不感谢敌人的滥施空袭。

何以言之，自有空战，前线后方的界限就不分，到处可以说是前线，而日本空军的乱丢炸弹，在中国到处惨杀无辜，实在是唤起全民一致抗战的一大动力。我们后方虽有眼光短浅，非亲见前线惨状不能感动的人，但日本空军自会将他们的暴行演给后方到处的人看，使他们愤慨，促他们起来抗战。

所以，我们应该感谢日本空军。因为他们在我国内所投炸弹，每一颗是唤起民众抗敌的一架警钟。倘没有这些警钟，我们的民气一定没有这么盛。

这样短小精悍的短论，是当时抗战所需要的。可以看出，抗战时期没有组织指挥、无党无派的丰子恺先生凭自己艺术家的良知，在国难当头之时，热血沸腾，创作了大量抗战漫画和抗日文章，用自己的艺术智慧为抗日鼓与呼！今天看来，丰子恺在《烽火》上的表现，难能可贵。

（2016 年）

丰子恺漫画与《文学周报》

　　丰子恺的漫画传播，最早应是 1922 年在上虞白马湖的春晖中学。白马湖畔的"小杨柳屋"，就是丰子恺漫画的萌发地。那时，丰子恺刚从日本回国不久，日本画家竹久梦二的画风正深刻影响着 25 岁的丰子恺。所以，课余的丰子恺在"小杨柳屋"开始用毛笔作简笔写意画，题材大都取意于古诗词和社会世象，如《经子渊先生底演讲》《女来宾——宁波女子师范》《夏丏尊》等等。当时丰子恺的"小杨柳屋"与夏丏尊他们的住所紧邻，所以夏丏尊、朱自清、朱光潜这些老师同事，常常相聚在丰子恺的"小杨柳屋"，品赏丰子恺的这些简笔写意画。当时，大家都鼓励丰子恺，希望他沿着这种绘画风格走下去。按照夏丏尊自己的说法，他也曾"怂恿"过丰子恺画这类形式的漫画。后来，丰子恺的这类漫画不少发表在校刊《春晖》上。

　　1924 年冬，丰子恺离开春晖中学，与匡互生等人在上海筹办立达中学。不久立达中学改名为立达学园，一批白马湖春晖中学的同事也陆续来到这里。当时，正在上海编辑《文学周报》的编辑郑振铎对丰子恺的漫画早就关注和欢喜，尤其是丰子恺发表在《我们的七月》上的那幅漫画《人散后，一钩新月天如水》，曾引起郑振铎这位新文学骁将的极大兴趣，他认为："虽然是疏朗的几笔墨痕，画着一道卷上的芦帘，一个放在廊边的小桌，桌上是一把壶，几个杯，天上是一钩新月，我的情思却被他带到一个诗的仙境，我的心上感到一种说不出的美感。……从那时起，我记下了'子恺'的名字。"据说，当时郑振铎见到朱自清，曾向他打听了解丰子恺的情况。

郑振铎知道丰子恺来上海办立达学园，便时不时让胡愈之去丰子恺那里要漫画，作为《文学周报》的插画。《文学周报》是文学研究会刊物之一，其前身是《文学旬刊》，创刊于 1921 年 5 月，为《时事新报》副刊之一。1923 年 7 月改称《文学》（周报）。1925年 5 月 10 日第 172 期起改为《文学周报》，独立发行。1929 年底出至第 9 卷第 20 期后终刊，共出版 397 期。而且，从《文学旬刊》开始，一直由文学研究会的同人轮流执掌编辑。1925 年改《文学周报》时的编辑，就是文学研究会的骨干郑振铎先生。

丰子恺在《文学周报》上最早发表的一幅漫画，

是 1925 年 5 月 10 日出版的第 172 期上的《燕归人未
归》，丰子恺的这幅漫画与沈雁冰、郑振铎等新文学
骁将的文章编在一起，引起了更多读者的关注。郑振
铎也和其他读者一样，对丰子恺的漫画十分欣赏。他
后来曾说，丰子恺的"这些漫画，没有一幅不使我生
一种新鲜的趣味"。后来，丰子恺的漫画渐渐多起来了，
郑振铎将它们陈列在一处"展阅"，有时"竟能暂忘
了现实的苦闷生活"。但是，此时的郑振铎，还没有
见到过漫画作者丰子恺！郑振铎在 6 月初看到丰子恺
的漫画《买粽子》后，想见一见丰子恺的念头更加强
烈了，郑振铎说："这幅上海生活的断片的写真，又
使我惊骇于子恺的写实手段的高超。我既已屡屡与子
恺的作品相见，便常与愈之说，想和子恺他自己谈谈。"

　　渴望已久的见面终于来了，1925 年 6 月，郑振铎
在上海宝山路香山路仁余里 28 号的《文学周报》社
约见了 28 岁的丰子恺。在见到丰子恺之前，估计郑
振铎一定在想象，这些充满情趣的漫画，其作者也一
定是个充满幽默而又有生活情调的人。但让郑振铎意
外的是，初次见面的丰子恺，竟然十分木讷和腼腆，

以至见面后，郑振铎问一句，丰子恺答一句，让郑振铎十分意外。后来，郑振铎回忆说："有一天，他果然来了。他的面貌清秀而恳挚，他的态度很谦恭，却不会说什么客套话，常常讷讷的，言若不能出诸口。我问他一句，他才朴质的答一句。这使我想起四年前与圣陶初相见的情景。我自觉为他所征服，正如四年前为圣陶所征服一样，我们虽没有谈很多话，然我相信，我们都已深切的互相认识了。"这就是当年郑振铎见丰子恺后留下的印象。从此，两人建立了交往一生的深厚友谊。

正因为郑振铎对丰子恺漫画的这种欢喜，从1925年5月10日的第172期《文学周报》上发表《燕归人未归》开始，到1925年底，丰子恺在《文学周报》上共发表了19幅漫画，其中有《买粽子》《无言独上西楼》《几人相忆在江楼》《过尽云帆皆不是，斜晖脉脉水悠悠》《花生米不满足》《月上柳梢头》等脍炙人口的漫画作品。1926年，丰子恺在《文学周报》上还发表《天寒翠袖薄，日暮倚修竹》《我家之冬》《小语春风弄剪刀》《大风之夜》等六幅富有生活情趣的

花生米不满足

漫画作品。这里需要提及的是，在丰子恺研究界有这样一种说法，说郑振铎在《文学周报》发表丰子恺的漫画时，专门起了一个统一的名称——"子恺漫画"，作为题头。"子恺漫画"就这样传开了。笔者为此查阅了发表丰子恺漫画的《文学周报》，无论在目录还是在漫画的题头上，并没有发现"子恺漫画"这样的题头，郑振铎在目录里面用括号标出"漫画"两字，与其他散文、译文、小说相区别。看来，这是一个误传。

丰子恺这些富有生活情趣的漫画在《文学周报》上发表后，立刻引起新文学作家们的好评。其中朱自清就说过："我们都爱你的漫画有诗意；一幅幅的漫画，就如一首首的小诗——带核儿的小诗，你将诗世界东一鳞西一爪地揭露出来，我们这就像吃橄榄似的，老觉得那味儿。'花生米不满足'使我们回到惫懒的儿时，……但是，老兄，真有你的，上海到底不曾太委屈你，瞧你那'买粽子'的劲儿。"郑振铎在经手发表丰子恺那些充满生活情趣的漫画后，就倡议将丰子恺的这些漫画结集出版。于是郑振铎写信给丰子恺："你的漫画，我们都极欢喜，可以出一个集子么？"

丰子恺的回应也没有客套，态度十分明朗，回信告诉郑振铎："我这里还有许多，请你来选择一下。"于是，在一个星期天，郑振铎约了叶圣陶、胡愈之两位，专程去江湾立达学园丰子恺的家里选画。丰子恺已经将漫画一幅一幅打开，挂在玻璃窗格上，铺在桌子上，满屋子都是丰子恺的漫画。郑振铎记得："我们看了这一幅又看了那一幅，震骇他的表现的谐美，与情调的复难，正如一个贫窭的孩子，进了一家无所不有的玩具店，只觉得目眩五色，什么都是好的。"当时，郑振铎笑着对丰子恺说："子恺，我没有选择的能力，你自己选给我吧。"丰子恺说："可以，有不好的，你再拣出吧。"就这样，郑振铎他们从丰子恺那里取回一大捆的子恺漫画回来。在《文学周报》编辑部里，郑振铎与茅盾、叶圣陶他们细细品赏，并且以《文学周报》社的名义，选编了丰子恺的第一部漫画集——《子恺漫画》。据说当时郑振铎他们只拣出三幅没有编入，而且，其中一幅是丰子恺自己也认为不要编入的。

《子恺漫画》编好后，于1925年12月由《文学周报》社出版。在出版前，郑振铎、夏丏尊、丁衍镛、朱自清、方光焘、刘薰宇等为第一部《子恺漫画》作序，俞平伯写跋，可谓阵容强大。郑振铎在序中回顾先认识丰子恺的漫画，再认识丰子恺的快乐过程；夏丏尊在序中十分羡慕丰子恺对生活的"咀嚼玩味"的能力，认为："画的好歹且不谈，子恺年少于我，对于生活，有这样的咀嚼玩味的能力，和我相较，不能不羡子恺是幸福者！"而朱自清则以漫画集的出版"正中下怀，满心欢喜"来形容自己对丰子恺漫画的喜爱，并作了十分经典的评介。俞平伯先生在《子恺漫画》跋中同样说得非常经典："我不曾见过您，但是仿佛认识您的，我早已有缘拜识您那微妙的心灵了。子恺君，您的轮廓于我是朦胧的，而您的心影我却是透熟的。从您的画稿中，曾清切地反映出您自己的影儿，我如何不见呢？以此推之，则《子恺漫画》刊行以后，它会介绍无数新朋友给您，一面又会把您介绍给普天下的有情眷属。'乐莫乐兮新相知。'我替您乐了。……一片片落英都含着人间的情味，便是我看了《子恺漫画》所感——'看'画是杀风景的，当说'读'画才对，况您的画就是您的诗。"

　　《子恺漫画》在面世之前，《文学周报》在1925年12月13日发一条广告称：文学周报社丛书——《子恺漫画》"将于下星期出版了！"语气语调，洋溢着一种欢呼的情绪。在下一期的《文学周报》上，继续刊登一个广告：

　　　　文学周报社丛书第一种：《子恺漫画》，不久将出版了！

　　　　全书序文四十余页，画六十幅，用桃令纸精印，封面两色版印，极美观。定价每册实洋五角。凡《文学周报》的定阅者均赠送廉价券，凭券购书，照实价六折（即三角）以示优待。书印无多，欲购从速！

　　在1926年1月3日、10日出版的《文学周报》上连续刊登广告，介绍《子恺漫画》。然而似乎作为文学周报社丛书第一种的《子恺漫画》出版并不顺利，因为技术原因，出版出现了曲折。据叶至善先生说，当时《子恺漫画》"先是用白报纸印的，已经全部印得了。装出样本看一看，几位老前辈都不满意，本子太薄，墨色的油墨印在白报纸上颜色发灰，于是决定把印好的页子全部报废，用木造纸重印"。叶至善先生当时尚小，但他父亲叶圣陶是经手人之一，所以应该可信。1926年1月17日的《文学周报》上有一则广告，就《子恺漫画》的出版作出说明：

期待《子恺漫画》诸君公鉴

　　子恺漫画已经出版。但为印刷装订所误，致形式不得精美。现经同仁议定，以为子恺君这样纯美的作品，却给她穿上一件不很像样的外衣，这就对不起艺术，应该重印才对。印刷局方面也表同意，所以要另起炉灶了。□□□□款来者，请再耐心等待一下，一个月以后定能给诸位以意外的满足，有十几位先生已取到那不精美的本子的，届时也可寄来掉换。文学周报社启。

　　这个说明，有几个字模糊，但总的意思是明确的。后来在1月24日、31日，2月7日、14日、28日，

3月7日、14日的《文学周报》上连续刊登。但在1926年3月21日《文学周报》又刊登另一则广告：

> 《子恺漫画》现已出版；是大六开本，单面印。对于预先寄款来买的，当即寄上（附加挂号费的挂号寄）。未买诸君要买请从速，因为印数不多。实价半元，外加邮费二分半（要挂号寄再加五分）。

这部大六开本的《子恺漫画》，就是1926年1月开明书店出版的《子恺漫画》。显然1925年12月文学周报社作为丛书第一种出版的《子恺漫画》与在文学周报不断做广告而在开明书店出版的《子恺漫画》，是两个不同版本的《子恺漫画》。据毕克官先生考证比较，1926年1月开明书店出版的《子恺漫画》，在内容上，比12月以文学周报社名义出版的《子恺漫画》少了《马车》《下午》《团圆》《曲终人不见，江上数峰青》《世上如侬有几人》《眉眼盈盈处》等六幅。

丰子恺漫画在《文学周报》发表前，已有数幅作品面世，也为少数识者所欣赏，但真正有影响、有规模的传播，还是文学研究会郑振铎他们主持的《文学周报》所推出的漫画。而且，丰子恺的第一部漫画作品集的出版，也浸透了郑振铎、叶圣陶、胡愈之等一帮新文学朋友的努力，也留下了丰子恺与郑振铎这些新文学作家的深厚友谊。在丰子恺作品传播史上，是有里程碑意义的。因此，《文学周报》与丰子恺的关系值得研究。

（2015 年）

丰子恺与《浙赣路讯》

　　抗战胜利之后，丰子恺最后选择杭州作为他的栖身之处。租赁西湖边静江路85号的老房子作为立脚的地方，丰子恺给它取名"湖畔小屋"。在这里，丰子恺和《浙赣路讯》的副刊编辑舒国华结下了深厚的友谊，并且在《浙赣路讯》发表了不少漫画作品。但是，在丰子恺研究中，对丰子恺和《浙赣路讯》的关系以及他在《浙赣路讯》上发表漫画作品的情况，大多比较笼统。笔者因为写《丰子恺与杭州》，为此专门查阅了当年的《浙赣路讯》，所以有一个比较清晰的了解。

　　舒国华与丰子恺的缘分，是在山清水秀的西子湖畔进一步深化的，他们的交往，是丰子恺在抗战胜利后旅杭生涯的一个亮点。这里，首先要了解丰子恺怎么和舒国华认识的，在什么地方认识的，舒国华的基本情况是怎么样的。在众多的研究丰子恺著作中，对舒国华先生的介绍十分有限，陈净野的《丰子恺杭州行踪考证》里的一段文字，可以知道舒国华先生的约略行踪：

　　　舒国华（1898—1965），浙江东阳人，政法大学毕业。1937 年入浙赣铁路局任《浙赣路讯》报副主任。抗战前夕，铁路局因战乱迁往江西玉山，舒国华与路过此地的丰子恺邂逅，从此结为手足。抗战胜利后，丰、舒两家同住在西湖边。此间，丰子恺不仅在舒国华主编的《浙赣路讯》上发表漫画作品，还为该报副刊《浙赣园地》设计刊头。舒国华为人豪爽豁达，与丰子恺性情相近。同时与马一浮、沈尹默、叶恭绰等文艺界人士交往也十分密切。每当佳节来临，丰子恺和舒国华两人与时居杭州的诸师友如马一浮、陈季侃、黄宾虹、潘天寿、张宗祥等人常常在岳庙附近的雅园茶楼相聚。每当酒酣耳热之际，相互探讨诗书画印艺术，相交甚笃。

这则介绍文字虽然不长，但是有些节点还有寻觅的空间，有些史实还要推敲。如舒国华与丰子恺是在什么地方相见的？上述介绍中说"抗战前夕，铁路局因战乱迁往江西玉山，舒国华与路过此地的丰子恺邂逅，从此结为手足。"《丰子恺年谱》（青岛出版社）第294页记载："本年，在江西遇舒国华。"这年谱里的"本年"，是指1937年。其实，丰子恺是在抗战爆发后才去逃难的，因为一般的历史年代划分，"卢沟桥事变"是中国抗日战争全面爆发的时间起点。丰子恺率全家老幼逃难是1937年11月下旬开始的。所以应该不是"抗战前夕"而是"抗战初期"。而丰子恺与舒国华相遇的具体时间，《丰子恺年谱》说是1937年，陈净野虽然没有具体点出舒、丰相遇的时间，但从行文看，似乎是"抗战前夕"，也可理解为1937年。至于相遇的地点，是江西玉山，没有歧义。那么丰子恺到底什么时候到的玉山，是解决两人什么时间见面问题的关键。玉山是江西的一个县，也是浙赣线上的一个县级小车站。江西玉山县与浙江的江山、常山县相邻，据当时的见证人魏荫松（与丰子恺同为石门湾人）晚年告诉丰一吟："当时我在常山浙江省公路管理局汽车修造厂工作。一天早上你父亲在我工作单位对面的商办常玉汽车公司购票，拟去玉山。因该公司只一辆汽车，每日往返常山—玉山一次，座位不多，搭车的人很拥挤。你们全家人多，没法买到车票。……"据丰一吟回忆，后来是这位同乡借了一辆卡车，利用晚上时间，将丰子恺一家老小从常山送到上饶。后来，1948年魏先生在杭州结婚时，丰子恺替他做过证婚人。当然，这是后话。丰一吟回忆说，当时"我们坐的是卡车，偏遇大雨，虽然有篷，人太多，坐在边上的淋湿了衣服。到了上饶旅馆里，就把衣服脱下来在炭盆上烤干——我们都只有一套衣服啊！"随丰子恺一起逃难的乡亲章桂回忆："到上饶已是1938年1月了。"这里，无论是魏先生还是丰一吟的回忆，当时是从常山直接到上饶的，但是，章桂晚年还回忆说，那天晚上不是到上饶的，而是到玉山的。有人告诉他，丰一吟他们回忆是到上饶的，章桂想了一会说："我记得是玉山。"后来又想了一会，确定地说："是玉山。"章桂认为："到上饶已是1938年1月了。"

所以，从魏荫松、丰一吟回忆的情形看，魏荫松是在某一个晚上用卡车冒雨将丰子恺一家送到上饶的。常山到上饶是要经过玉山的，但下雨，还是晚上，而且是借的汽车——连汽油也是自备的，这样的境况，

卅四年八月十日之夜

为什么不在玉山停留呢？那么，不在玉山停留，舒国华先生怎么在玉山与丰子恺"邂逅并结为手足"呢？在时间上似乎无从说起。现在猜想，还是章桂的回忆有一定的道理。那天晚上，同乡魏先生送丰子恺一家到的是玉山而不是上饶。而当时铁路局因战事已经迁往江西玉山，舒国华先生也在玉山工作，因为舒国华与一些文化名人有交往，丰子恺一家逃难到玉山后，他得知消息后就会主动去寻访，从而相识。所以，从丰子恺、舒国华认识这个机缘来看，那天晚上去玉山的可能性比较大。只有在玉山逗留，丰子恺才有时间与舒国华邂逅。因此，丰子恺和舒国华是在1938年初在江西玉山认识的。

　　丰子恺与舒国华密切交往，是在抗战胜利后的杭州。丰子恺是1946年深秋时节回到杭州的，而舒国华什么时候回杭州，现在没有资料可以说明，但估计舒国华复员回杭州的时间比丰子恺早。因为舒国华是有单位的，而且单位又是吃香的铁路部门，所以复员早，想来是自然的事。当1947年春天，丰子恺住进"湖畔小屋"——杭州静江路85号时，舒国华已经住在静江路 37 号。丰子恺在这里一年半的闲居生涯里，与舒国华的交往成为他生活的一部分。抗战胜利后，《浙赣路讯》创刊——在玉山时，这个报纸还没有创刊。当时，本来想去浙大教书的丰子恺因觉得教书难以维持全家生计和开支，便在"湖畔小屋"勤奋作文作画，以此换来家用开支。编《浙赣路讯》副刊的舒国华喜爱诗词和名人字画，所以，丰子恺在《浙赣路讯》这个今天看来有点像企业报性质的报纸上发表漫画是合情合理的。但是，查丰子恺抗战后寓居杭州期间的年谱，没有发现丰子恺在《浙赣路讯》上刊发画作的记载，年谱是否查过这份报纸，不得而知。不过，从丰子恺在 1947 年至 1948 年给舒国华的信中，可以明确，他曾为《浙赣路讯》画过漫画。现存丰子恺第一封给舒国华的信中就有："二月份路讯画（一月照今画嘱，）拟以大句作题，倒是本局风光，如何？"很明显，是与舒国华讨论在《浙赣路讯》作画事。第二封信中有"聊以作三月份稿"等句，同样证明当时丰子恺曾在舒国华编的《浙赣路讯》上发表过画作，可惜年谱未能完全记录。同时，估计以舒国华作诗、丰子恺作画的形式在《浙赣路讯》上刊发，这种情况丰子恺当时给舒国华的信中也有所坦露："今日春晴，写大作佳句两图"，"大作佳句，弟最喜此二者。今作画送上，此诚湖上胜缘，永传不朽矣"。可以推测，丰子恺有可能应舒国华要求，在《浙赣路讯》上投稿。当然，在没有查《浙赣路讯》这份报纸时，只能从丰子恺的书信和其他人的回忆里来了解丰子恺和《浙赣路讯》的关系，了解他和舒国华的友谊。

最近，我为了《丰子恺与杭州》这本书，专门拜托浙江省文化厅柳河先生代查当年的《浙赣路讯》有关丰子恺的信息，结果发现，丰子恺从1947年8月15日开始，到1949年4月，在《浙赣路讯》共发表漫画40幅！还不包括丰子恺画的刊头。数量之多，让人惊喜不已。而且，丰子恺还常常用舒国华的诗句来作为漫画的题材，如1948年3月27日发表的"细语家常倍觉亲"的漫画，就是舒先生诗里的句子；4月17日的"不是急来抱佛脚，为乘农隙去烧香"漫画题目也来自舒国华的诗句。所以，这个意外收获，大大丰富了以后的丰子恺年谱，这里，我们不妨将丰子恺在《浙赣路讯》上发表的漫画目录整理如下：

1947年

8月15日，《浙赣园地》4版发表《卅四年八月十日之夜》。

9月20日，周末版12期发表《一人出亡十人归》。

10月25日，周末版17期发表《今朝卖谷得青钱，自出街头买龉肩。草火燎来满屋香，未曾下箸已流涎》。

10月31日，画刊第六期发表与舒国华在杭州的合影，丰子恺在照片上写："胜利复员返僦居西湖之滨，与舒国华先生为邻，重九之日，天朗气清，相约摄影湖畔聊以登高。子恺识 十月廿七日。"

11月3日，画刊发表《浙赣园地》刊头画，（第52期）。

11月8日，4版发表《湖畔小景》。

11月15日，发表《天未凉风送早秋，秋

花点点头》。

12 月 31 日，发表《浙赣园地》刊头画（第 85 期）；发表《今朝一岁明朝两岁》。

1948 年

1 月 17 日，4 版发表《小桌呼朋三面坐，留将一面与梅花》。

2 月 17 日，书画专版发表《市井小景》。

2 月 21 日，周末版发表《愿君到处自题名，他日知君从此去》。

3 月 6 日，周末版发表：《静看帘蛛结网低，无端妨碍小虫飞。

3 月 20 日，丰子恺在胡佩衡画上题字："钓亦不得，得亦不卖。"

3 月 27 日，周末版发表《细语家常倍觉亲》。舒国华先生诗句。

4 月 2 日，书画版发表《踏花人醉满山红》。舒国华先生诗句。

4 月 3 日，周末版发表《好鸟枝头亦朋友，花落水面皆文章》并在画上题："国华先生酷爱文艺，胜利复员后居西湖之滨，与余为邻，公余之暇于山色湖光中欣赏书画，引为世上乐事，其所搜集与日俱增，今选五十页付装池而以余所作胜利冠春菊，因再为作此以代跋。戊子岁首，子恺。"

4月17日，金石书画版发表《不是急来抱佛脚，为乘农隙去烧香》。舒国华句。

6月2日，书画版发表《酒逢知己嫌樽小》。舒国华诗句。

6月5日，周末版发表《落花踏莲游何处，笑入吴姬酒肆中》。

6月12日，周末版发表《蚕的丝为人，你的丝为己，自私自利的蜘蛛》。

7月1日，6版发表《参天百丈树，元是手中枝》。

7月31日，周末版发表《记得那人同坐，纤手剥莲蓬》。

9月2日，书画版发表《何处幽眠好，松

八月十日的爆竹，比八年的炸弹更凶

阴六尺床》。

10月2日，书画版发表：《置酒庆岁丰，醉倒妪与翁》。

10月2日，周末版发表《圣雄甘地造像》并题："捐己利群，舍身成仁，释迦以后，仅此一人，香花供养，为万世祈太平。丰子恺并撰。"

11月，发表"台湾风物勾勒"漫画整版4幅：《凤梨》《南国女郎》《马路牛车》《台北双十节》。

12月2日，发表"台湾风物勾勒"（续刊）漫画整版4幅：《拥被吃西瓜》《四时不谢之花》《杵影歌声》《高车》。

1949年

1月1日，发表《白发镊不尽，根在愁肠中》。

3月1日，发表《莫言千顷白云好，下有人间万斛愁》。

3月3日，发表《瓜车翻覆，助我者少，

啖瓜者多》。

4月1日，在画刊发表"缘缘堂漫画"整版4幅：《不宠无惊过一生》《门前溪一发，我作五湖看》《触目横斜千万朵，赏心只有两三枝》《怕听呜呜笛，生憎袅袅烟，载儿夫婿去，经岁又经年》。

这里，回过头来简要介绍一下浙赣铁路和《浙赣路讯》这份报纸。浙赣铁路是一条有历史的铁路，1899年动工，1937年建成，东起杭州，西至株洲，全长942公里，横穿浙、赣、湘三省，成为新中国成立前中国江南的主要铁路干线，在物资及人员运输方面起到主要作用。尤其在抗日战争期间，浙赣铁路发挥了积极作用。据有关资料介绍，从1937年底至1939年3月的15个月中，浙赣铁路共开列车1700余列，运送部队150万人，伤兵6万人，运输军需品、商货各23万吨。从抗战开始到1942年，皖、浙、闽、赣几个省连成一片，交通运输主要靠浙赣铁路来维持。所以浙赣铁路不光有历史，而且在民族危难时刻做出过巨大贡献。当时浙赣铁路理事长是曾养甫先生，浙赣铁路局局长是张自立先生。而舒国华等编辑的《浙赣路讯》，创刊于1947年7月1日，终刊于1949年4月。它是经过内政部正式批准的一份日报，每期16开4版，黑白套印。在每一期的报头下面有这样一些标识："内政部登记证京警浙字第一三零号"，"中华邮政特准挂号登记为第一类新闻纸"，"浙赣铁路局出版委员会印行"，这些应该是主管主办单位。《浙赣路讯》报的具体地址是"杭州岳坟路外东山弄2号"。所以，这样看来，《浙赣路讯》报还是非常正规的一份报纸，而且从版面看非常活泼，尤其是副刊的编排，充满着艺术气息。

丰子恺和舒国华之间的友谊，在西湖边不断加深。湖边漫步，赋诗作画，两人交往十分默契。舒国华醉心于诗词，深得丰子恺欣赏。1948年冬，在杭州，丰子恺读到舒国华的诗词集《省吾庐吟稿》时，给舒国华回信说："近炉边读大作（《省吾庐吟稿》），每逢佳句，击节叹赏。"甚至告诉舒国华"赐诗悬炉边，与来客共赏"。可见丰子恺十分欣赏舒国华。正因为

莫言千顷白云好，下有人间万斛愁

静看帘蛛结网低，
无端妨碍小虫飞

两人相对无言语，
尽日唯闻落子声

瓜车翻覆，助我者少，
啖瓜者多

丰子恺欣赏舒国华的诗作，两人在西子湖畔合作诗画集。1948年，舒国华作诗，丰子恺作画20幅，一诗一画，后来出版《丰舒书画集》时，叶恭绰、马一浮分别题名，张宗祥题"丰子恺舒国华诗画画册"，学者陈季侃写了《丰舒合作诗画集序》，序文如下：

> 《诗》三百篇，皆当时风土歌谣之作，降而为骚选，进而讲音律，藻饰弥工，天真斯漓，惟画亦然。古画先致力于造像铸鼎画壁，意在鉴戒。其后趋重布景写意，渲染为能，观感斯薄；是知文化造端，不作无益，虽艺能余事，亦求于人有益，而不求为人所玩，此诗画之所以可贵也。丰君子恺之画，夙负盛名，晚年专写现实，独辟蹊径，以当前景物，画现代衣冠，着笔无多，栩栩欲活；舒君国华，以文会友，以友辅仁，感哀乐于中年，借文艺以怡情；间喜咏诗，不假雕琢，自然清新；与子恺同居西子湖畔，羊何过从，既声音而气求，亦志同道合。每当酒酣耳热，子恺辄

写国华诗句，相视而笑，莫逆于心，积久裹
然成帙；国华将付装池，问序于余。余惟潘
画主题，至今以为美谈，彼徒以交谊使然，
今兹两人所作，不求精工，自然天真，多写
农村风趣与民生状态，白屋衡茅，三致意焉；
诗既悱恻动人，更发人深省，不独诗中有画，
亦复画外有味，诚返真归璞，有益社会之作，
而非潘王所可拟也。贤者当有领于余信。

序中对丰子恺画作"晚年专写现实，独辟蹊径，
以当前景物，画现代衣冠，着笔无多，栩栩欲活"的
评价是切中肯綮的。不过，说丰子恺先生晚年，其实
当时丰子恺先生还只有 50 岁，今天看来正值壮年呢。
不过，也可见当年丰子恺先生的操劳。

后来，舒国华将自己收藏的书画刊印画册，叶恭
绰题《省吾庐书画集》，丰子恺为此画集作跋语："国
华先生酷爱文艺，胜利复员后居西湖之滨，与余为邻，
公余之暇于山色湖光中欣赏书画，引为世上乐事，其
所搜集与日俱增，今选五十页付装池而以余所作胜利

冠春菊，因再为作此以代跋。"在这部五十幅画的画册中，丰子恺的作品有七幅，其余的有叶恭绰、马叙伦、沈钧儒、张宗祥、陆维钊等一流名家的作品。后来，舒国华又编印了《省吾庐书画集》二集、三集、四集，其中丰子恺的作品有20余幅。可见当时丰子恺与舒国华来往之密切。后来，丰子恺与舒国华又合作了《蓬莱诗画集》，收有丰子恺40幅画和舒国华的诗。可见两人在杭州的交往十分融洽。因为两人性情相近，对官场的陋习也有同感。据说丰子恺曾根据舒国华的"菜根味重宦情薄"的诗句，画了一幅《白菜图》，题上"菜根味重宦情薄"句，送给舒国华珍藏。1948年9月，丰子恺应开明书店老友章锡琛的邀请与幼女丰一吟赴台湾观光并举办画展，离开居住一年半之久的湖畔小屋时，舒国华特地派车送丰子恺父女到杭州城站火车站。

丰子恺离开杭州后，与舒国华这位才华横溢的诗人、静江路的邻居依然保持联系，舒国华还专门在《浙赣路讯》两个整版上为丰子恺刊发在台湾创作的漫画。1948年11月下旬丰子恺从台湾回到厦门后，与舒国华仍有书信往来，现存的1949年3月4日给舒国华的信，也可证明丰子恺虽然离开杭州，但与西湖边的老友舒国华的友谊依然，信如下：

国华兄：

今接叶遐老来覆，其原信附上。倘爱其手笔，即请保藏，弟不喜收藏，看过即废也。遐翁年已六十九，弟以"护生"书写工作相烦，实甚不该。今彼慷慨允写，足见好善之深，下月弟当赴香港，与遐翁面谈。"护生画"七十幅，文章均由弟做好，只须抄写。故遐翁所虑，不成问题，只因前信未曾明言耳。在此闭门写作，来客甚少，故工作成绩颇著。大约五月可返沪杭。余后陈，即颂

时祺

弟丰子恺 叩

三月四日

这封在 1949 年 3 月 4 日写于厦门的信中提到的叶遐老"，即叶恭绰先生。信中所言口气，完全是老朋

与舒国华先回审西湖重光鉴高合摄此影

屈指巳忘五寻矣 去安嘱题 一九七三年 丰子恺

杭州 照相館 Hang Zhou

丰子恺与舒国华合影

友间倾谈，他知道舒国华喜爱名人手迹，特地将叶恭绰先生手迹转赠舒国华收藏，并扼要告诉舒国华自己的近况和接下去的行踪。

1949年新中国成立后，世事变迁，丰子恺定居上海，舒国华定居吴兴新市小镇，丰子恺与舒国华在杭州结下的友谊仍在延续。在1957年"反右"的政治运动岁月里，在小镇居住的舒国华还给丰子恺寄自己的诗稿，托丰子恺转寄给有关报刊编辑。丰子恺接到老友诗稿后，代为转寄至《解放日报》的《朝花》副刊，并立即复函舒国华老友。这事发生在1957年11月，其时的"反右"运动正轰轰烈烈，像丰子恺这样的艺术大师做这样的事，是要冒风险的。1965年，舒国华在东阳老家去世，丰子恺闻讯十分悲痛，亲自手书"诗艺长存"及挽联赠予舒的家属。后来，丰子恺与舒国华的儿子舒士安继续保持联系，1973年，丰子恺曾对舒士安说："回想当年在杭州与你父亲诗画合作，犹如一梦。"然而，这诗画一梦，给当年在西湖边闲居的丰子恺无尽的慰藉和快乐。

（2015年）

丰子恺日记中的丰子恺

读日记，是后人了解前人的思想经历最为简便的一种阅读方式，从中可以了解记日记的人经历了哪些事情，有些什么想法，对当时的社会、政治、经济状况有什么看法等等。因为日记所反映的，基本上是记日记的人真实的经历或者想法，哪怕仅仅是天气如何，收到什么人的信，给谁寄信这样的日记，同样很有历史价值。像周作人的日记，今天天气怎么样，收信寄信，谁来了，到哪里去演讲了，等等，有时候也让人看得津津有味。看茅盾的日记，也是天气、人事来往、吃药、做家务等等，尽管都是日常起居，也同样很有价值。有时候，我们仿佛可以从日记中，看到记日记的人在日常生活里的画面，就像是在看没有声音的录像，可以看到几点钟谁来了，几点钟谁走了，什么时候在干什么。最近读丰子恺先生的《教师日记》，对丰子恺先生的印象更加有立体感了，一个活生生的丰子恺生活在《教师日记》里，让人更觉可敬可亲。

《教师日记》是丰子恺在抗战时期逃难到广西，在桂林两江师范学校教书时所写。时间是 1938 年 10 月 24 日至 1939 年 6 月 24 日，其间有间断，有些日

子没有记日记。当时，丰子恺逃难在外，引起很多朋
友与读者的关心和关注，所以当时丰子恺写日记后，
没有像另外的一些文人那样，秘不示人，而是将一部
分日记先在《宇宙风》等刊物上发表。1944 年，丰子
恺的《教师日记》在重庆的万光书局出版。丰子恺去
世后，其女儿丰陈宝、丰一吟在编《丰子恺文集》时，
将《教师日记》编入《丰子恺文集》第三集文学卷，
1992 年 6 月出版。

　　在《教师日记》中，丰子恺作为一家之长的烦恼
担忧，常常记录在日记之中。比如丰子恺最小的儿子
丰新枚出生时，丰子恺正在桂林两江师范学校教书。
而丰子恺的家却在学校北面五里路远的一个叫泮塘岭
的村庄里，来回很不方便。1938 年 10 月 24 日那天，
丰子恺在回家的路上碰到前来报告的章桂，知道妻子
已经送到医院，所以当丰子恺心急如焚地赶到医院时，
儿子已经出生，住在隔离室。母子平安，但是妻子仍
昏迷不醒。第二天丰子恺送马一浮先生离开桂林，马
先生知道丰子恺又新添一子，便向丰子恺道喜，问丰
子恺是男孩还是女孩？丰子恺竟然答不上来，告诉马

先生，生了一个"人"。弄的大家都笑了起来。丰子恺在 26 日的日记中记载："昨晨送别马先生时，马先生道贺后即问我所生是男是女，我不能答，但说是一个'人'。闻者皆失笑。"原来，丰子恺因为妻子还在昏迷中，担忧的是妻子的身体，对孩子是男是女无心顾及，所以才有妻子生个"人"这样的笑话。然而，久为人父的丰子恺添得末堂儿子以后，自然还有许多亲子活动要这位艺术大师去做。他在 12 月 29 日的日记里，记载着自己的亲子活动："近每晨弄褓褓，为之喂乳，换尿布，唱歌，已成习惯。十五年前之'子烦恼'生活，今日重温，并不生疏。非不生疏，一种亲子之爱助它一温即熟也。"可见艺术大师丰子恺先生的生活和普通老百姓的生活一样，烦琐而普通，油盐酱醋，一模一样。

在丰子恺的《教师日记》中，还记载这样一件事。当时，丰子恺的末堂儿子刚刚出生，但是他的大女儿丰陈宝以及义女丰宁馨都已经出落得如花似玉的大姑娘了，在逃难途中常常引人注目。在桂林时，隔壁住着一个连长的家属，这个连长家属看中了丰宁馨，想要为连长的同事做媒，而且很热情。这让丰子恺感到十分为难，只好让两个已经长大的姑娘换个地方去住。丰子恺在1938年12月31日的日记中写道："除日，细雨蒙蒙，意兴甚为阑珊。夜隔壁连长太太来约二女去看戏，谢绝之。因日间此女曾与满娘言，欲为二女作伐，嫁与其同事某连长。满娘谢绝，彼心不死，故相邀看戏也。吾并不反对以连长为婿。然二女一心向学，正以入大学为己任，谈不到婚事。则吾又安可以父母之命强迫之乎。故谢绝之。然此亦喜事。年终逢喜，乃来岁之好兆。明年抗战必胜，吾家可返江南故乡矣。"虽然丰子恺他们谢绝了那个好事的连长太太的好意，但是那个人还是不死心，在1939年的元旦，那个连长太太一早就到丰子恺家里，正式向丰子恺他们提出求婚的事。自然丰子恺又拒绝了。所以，丰子恺在这一天的日记中，有"隔壁连长太太今晨正式来访，为其同事某连长求婚。照旧决然谢绝之。此是今年第一件事。此事发生后，二女不安于乡，欲送往永福依其母。下午我与华瞻赴江边觅船，不得。明日当再求之。"后来因为找不到船而准备雇轿去永福，但

前年同在大学当教授的

是又发生了两件事，让丰子恺感到烦恼。一件是雇轿时受骗，其日记甚详："上午赴江边觅船，又不得。决定明天坐轿赴永福。至车站雇轿，有一人自言有轿。言定每乘大洋五元，明日一早放到我家，上轿启行。下午另一人来至我家，自言明晨抬轿者即彼，今来请付定洋。吾怀疑，拟不给。但察其人，一贫苦劳工，况广西人，决不有拐冒之事，即付以桂钞二元。傍晚，又有一人来领取定洋，真乃上午与我立约之轿夫。我告以已有人领取，其人谓我已上当，彼人冒领定洋。且言已知冒领之人为某某。此人素来不端，上午我与彼约定雇轿时，此人在旁听见，下午即来冒领定洋。但此洋彼不能负责。此因我之疏忽，当然不要彼负责。但言汝既知其人，可否为我追究？轿夫点头而去。不久，偕一人来，即冒领者也。轿夫指其额而痛骂之，土语不甚分明。但知大意是责其败群。被骂者始终默默无言。吾为之感动，不责其偿还，但言他日为吾作工，以偿此款。实则永无此事也。于是两人散去。"另外一件事是，家里两个大姑娘走了以后，突然有一个士兵往丰子恺家里投进一封信，上面写着"丰女士启"，丰子恺捡起来一看，原来是"幼稚之情书"，让丰子恺哭笑不得。这些家长里短的烦恼事情，作为家长的丰子恺都写在日记里。所以，读丰子恺日记，仿佛在回放丰子恺当年的生活情景。

在丰子恺日记里，有时连他自己的一些趣闻，也绘声绘色地记录着。他在 1938 年 12 月 30 日的日记中，记录了自己从学校回家途中在野外方便被人追赶的事，让人看后忍俊不禁。

> 下午返家，途中便急，入马路里面田角中大便。将帽子、围巾、书籍及白报纸一大卷（学生画稿）置田边草坡上，即就其旁登坑。事将半，遥见远处有二男手持竿棒，向我奔来，分明是来袭之势。我想起前日两江圩上一胖子晨间被盗刀伤劫财事，大惧，急起立，向马路奔逃。回头一看，二人都已立停不追，且作笑语。我亦停步，互相注视。旋闻其一遥语我曰：
>
> "看错了！难为你了！"

跟蹌趨講席
誦讀閙高
聲，記得
曾如此，
而今
白髮生。

子愷畫

跟蹌趨讲席

　　至此我始放心，上前探问："君等为何攻我大便？"二人掩口葫芦，久之始曰："我等远望，疑一男一女，在此为桑间濮上之事，故追攻耳！"语毕，皆大笑而散。盖草坡上之物件，远望形似另一人也。我仓皇起立奔逃时，香烟嘴落地上，后竟忘记拾取。日后当去探寻之。

　　丰子恺的幽默，可见一斑。在日记中，丰子恺也常常流露出自己对人事的看法，马一浮是丰子恺崇拜的偶像，也是丰子恺人生中的指路明灯。所以，丰子恺在《教师日记》里，多有记录，如见到马一浮是怎么样的一种情景，与马一浮分别时，感觉又是一种什么样的情景，十分生动。1938年10月25日的日记里，丰子恺写道："七时梓翁来，同赴东环路送马先生离桂赴宜山。吴敬生君亦在场，匆匆话别，即到医院。途中忽见桂林城中黯淡无光，城外山色亦无理唐突，显然非甲天下者。盖从此刻起，桂林已是无马先生的桂林了。"马一浮先生的离开，在丰子恺看来，连桂

林的风景也大为逊色了。有时，丰子恺在日记中也会
将对一些事情的心情与想法写下来。1939 年 6 月 16
日收到钱君匋出版的《战地漫画》，丰子恺先生有点
生气，他在日记中写道：

> 钱君匋寄来香港英商不列颠公司出版《战
> 地漫画》，下署"丰子恺著"。内刊画数十幅，
> 皆吾抗战后发表于各志报者。此人擅自收集
> 出版，吾全不得知。倘编选适当，则掠夺吾
> 版税而已，犹或可原。但此书编选，十分恶劣：
> 一者，名为战地漫画，其实吾之画皆后方现
> 象，名不符实。二者，且内载之画，有许多
> 幅与战事毫无关系。最是昔年赠钱君匋之一
> 幅，写书斋中情景者，亦被收集在内。可知
> 偷编者不管画意，凡见吾画，一概剪取，编入，
> 而统名之为战地漫画，欲利用抗战以发财。
> 三者，卷首居然有一序文，乃吾在桂林时所
> 作艺术讲话，曾刊登《宇宙风》，今被取去，
> 下注'代序'二字。不伦不类，尤属可笑。

如此，故凡知我者，皆能一望而知其假冒。
受其愚者，恐只小孩及香港之外国人耳。本
应追究，但在此时期，吾实无闲心情对付此
种宵小，则姑置之。此宵小料吾不会追究，
故乘机偷窃，所谓趁火打劫者是也。即以此
意覆君匋，请其将信公布于杂志，以明真相。
但不知君匋敢公布否。

其实，这个误解，是战乱年头造成的。抗战时期，
丰子恺逃难在广西，钱君匋在沦陷区上海从事出版谋
生，两个当事人相互音信不通，更不要说沟通了。而
钱君匋此时出版抗日书籍《第一年》时，不能用"万
叶书店"的真名，而只能用假冒"美商美灵登出版公司"
的名义出版，即使这样，也遭到日本宪兵的追查，差
一点去坐牢。所以钱君匋在沦陷区出版丰子恺的抗日
漫画书，自然只能采取假冒一个出版社的方式，偷偷
地出版《战地漫画》。不过，钱君匋的这种做法，没
有与丰子恺沟通，丰子恺自然也不知道钱君匋在上海
的出版情况。所以丰子恺有这样的抱怨，也是不足为

怪的。后来，丰子恺和钱君匋的关系依然很好，丰子恺后来有不少漫画书，都是在钱君匋的万叶书店出版的。况且，钱君匋利用出版的有利条件，出版抗日书籍，与民族大义相比，假冒出版还是一件小事。

读丰子恺的《教师日记》，丰子恺的性情跃然纸上，让人在了解丰子恺在逃难途中的苦难的同时，也了解丰子恺的真实生活状况。所以，我们读丰子恺的日记，既有助于了解丰子恺的漫画和散文，也证明了朱光潜先生说的，"记日记与读日记都永远是一件有趣的事"。

（2014 年）

丰子恺的慢生活

　　丰子恺生活在二十世纪，在他生活的那个年代里，也有许多里程碑式的发展产物，例如在他青少年时代，故乡附近的海宁就通了火车，石门湾故乡也有了小火轮。所以，社会的节奏随着物质文明的进步也加快了。

　　丰子恺虽然没有排斥快速交通工具火车，但对航船却情有独钟。二十世纪三十年代，丰子恺在杭州作寓公，每次在杭州、石门之间往返时，丰子恺都选择慢悠悠的橹声欸乃的航船。这种木制的航船也称客船，在以水上交通为主的时代里，船内装备很好，船艄、船舱、船头三个部分都有板壁小门隔开。船艄在后面，是摇船、烧饭和置放油盐酱醋的地方，与船舱相交处，有放酒菜的小碗橱，吃不完的小菜就放在这个小碗橱里，十分精致。船舱是客人坐的地方，十分讲究，舱内设一榻、一小桌以及小巧的椅子，左右两旁有几个玻璃窗，两侧板壁上嵌着精致的书画镜框，十分雅致。白天，船在行进中，在船舱里可以聊天，可以欣赏运河两岸田园风光。晚上，稍加整理，船舱里可以打四席铺，三四人睡在客舱一点都不觉得拥挤，而且，睡在航船里，随着河水波动而轻轻摇晃，似幻似梦，即使失眠的人也会安然入睡。船艄里，可以容纳船主人三口之家睡觉休息呢！

从石门湾沿运河坐船到杭州，早上出发，经过福严寺、崇福、大麻、博陆、五杭，到塘栖时，正好太阳落山，客船就在塘栖镇上的运河里过夜。丰子恺直到晚年还记得自己这种悠然自得的慢生活，他说："吃过早饭，把被褥用品送进船内，从容开船。凭空闲眺两岸景色，自得其乐。中午，船家送出酒饭来，傍晚到达塘栖，我就上岸去吃酒了。"第二天，如果兴致好还可以在塘栖游玩一天，赶上春末，买些塘栖土产——白沙枇杷。丰子恺曾经有过这样的经历，他说："我买些白沙枇杷，回到船里，分些给船娘，然后自吃。"次日，客船再沿运河，经过梁山坟一直摇到杭州横河桥上岸，然后坐上人力黄包车，拉到市中心的田家园寓所。本来乘坐火车两三个小时到达杭州的旅程，丰子恺却要别有情趣地坐船去，花上两三天时间，悠闲的慢生活，让丰子恺感受到生活的艺术情味。

丰子恺有一幅有名的漫画，叫《三娘娘》。就是他坐船路过塘栖，船泊在小杂货店门口的运河里，每

三娘娘

次从客船的小窗里看出去，总看到一个中年妇女孜孜不倦地在"打绵线"而创作的。他在一篇文章中记录了当时的情景：

> 我的船停泊在小桥墩的小杂货店的门口，已经三天了。每次从船舱的玻璃窗中向岸上眺望，必然看见那小杂货店里有一位中年以上的妇女坐在凳子上"打绵线"。后来看得烂熟，不经写生，拿着铅笔便能随时背摹其状。我从她的样子上推想她的名字大约是三娘娘。就这样假定。
>
> 从船舱的玻璃窗中望去，三娘娘家的杂货店只有一个板橱和一只板桌。板橱内陈列着草纸、蚊虫香和香烟等。板桌上排列着四五个玻璃瓶，瓶内盛着花生米糖果等。还有一只黑猫，有时也并列在玻璃瓶旁。难得有一个老人或一个青年在这店里出现，常见的只有三娘娘一人。但我从未见过有人来过三娘娘的店里买物。每次眺望，总见她坐在

板桌旁边的独人凳上，打绵线。

……

三娘娘为求工作的速成，扭的绵线特别长，要两手向上攀得无法再高，锤子向下挂得比她的小脚尖还低，方才收卷。线长了，收卷的时候两臂非极度向左右张开不可。看她一挂一卷，手臂的动作非常辛苦！一挂一卷，费时不到一分钟；假定她每天打绵线八小时，统计起来，她的手臂每天要攀高五六百次，张开五六百次。就算她每天赚得十分铜板，她的手臂要攀五六十次，张五六十次，还要扭五六十通，方得一个铜板的酬报。

黑猫端坐在她面前，静悄悄地注视她的工作，好像在那里留心计数她的手臂的动作的次数。

有一次，丰子恺所雇的客船泊在一个塘路边运河里休息，丰子恺在客舱里躺着看书。忽然从客船的窗

野外理发处

口里看出去，看到岸上杂货店边草地上有一副剃头担。开始，剃头司务坐在凳子上独自吸烟。一会儿，将凳子让给另一个人坐了。于是剃头司务给坐着的人披上白布，然后忽左忽右、忽前忽后地给那个坐着的人剃头，这让躺在船舱里休息的丰子恺看得入神。他把剃头司务想像成雕刻家，想象为屠户正在杀猪，又好像是病人在求医，罪人在受刑……想着想着，丰子恺情不自禁地取笔，即兴画了一幅《野外理发处》的漫画。

在航船里享受慢生活给丰子恺带来的艺术收获，恐怕在坐高速火车所产生的社会文明里，是不可能得到的。这也许是快节奏里需要慢生活的理由之一。其实，慢生活也是社会的一种文明，而且是充满艺术意味的文明，是舒缓快节奏带来的不平衡的润滑剂。从丰子恺坐航船来往于故乡石门湾与人间天堂杭州之间的往事看，慢生活或许是一种更健康的生活方式呢。

（2013 年）

丰子恺和苏步青

　　丰子恺先生喜欢古诗词是有名的，他的许多漫画题材就是从古诗词中得到灵感之后提炼的，所以在他的作品中，画中有诗，诗中有画，意境隽永，让人难忘。但是，丰子恺对现代人的诗词作品，喜欢的并不多，自己亲自抄写的更少。如果一定要找出几首他喜欢的诗词，那么，除了李叔同、马一浮以及舒国华的诗词作品让丰子恺喜欢外，恐怕就是数学家苏步青先生的诗了。苏步青1947年春节前后创作的一首诗，被丰子恺书写后挂在杭州的湖畔小屋里，随时欣赏。这对丰子恺先生来说是很少有的。苏步青先生的这首诗是这样写的：

　　　　　草草杯盘共一饮，
　　　　　莫因柴米话辛酸。
　　　　　春风已绿门前草，
　　　　　且耐余寒放眼看。

　　显然，丰子恺对数学家苏步青的这首平淡朴素而又充满乐观情绪的诗，十分喜欢。所以书写后，挂在自己的小屋里，随时欣赏。可见丰子恺喜欢的程度了。

丰子恺和苏步青都是浙江人。丰子恺出生在浙江杭嘉湖的石门镇，处于浙江的最北部。苏步青1902年9月出生在浙江最南边的温州平阳县的一个叫腾蛟的小镇上，两人年纪相差4岁。苏步青中学毕业后就去日本留学，十二年后，获得了日本东京帝国大学理学博士。丰子恺比苏步青迟一年去日本留学，只在日本待了十个月，款尽回国。但是两人在日本留学时，似乎相互并不认识。1931年苏步青回国时，丰子恺已经是闻名遐迩的漫画艺术家了。据说，当时苏步青通过朋友了解了丰子恺后，对丰子恺的为人和漫画、散文都十分推崇和仰慕。

大概在1940年，苏步青工作的浙江大学内迁到贵州遵义，而丰子恺逃难也到了贵州遵义。这时，丰子恺的女儿丰林先和宋慕法在贵州遵义结婚，而丰子恺的女婿宋慕法与苏步青都是浙江平阳人。于是苏步青就成为男方宋慕法的主婚人。这时，丰子恺和苏步青才有了初次见面机会。两位都是才华横溢的人，一个是艺术家，一个是数学家，加上在日本的经历和对艺术的共同看法，两位大家很快成为无话不说的朋友。按一些研究者的话说，"从此以后，丰子恺与苏步青的交往日深"。但是，真正交往日深，是抗战胜利之后丰子恺和苏步青两人在杭州期间。

1947年春天，丰子恺居住在杭州西湖边静江路85号的"湖畔小屋"，而苏步青也随着浙江大学复员回到杭州，于是两人有了更密切的来往。随着交往的深入，苏步青越发喜欢丰子恺的漫画作品，很想得到丰子恺的画作，但是苏步青知道当时物价飞涨，丰子恺生活并不富裕，没有工作，靠卖画写作收入来养家糊口，不好开口。有一天，渴望好久的苏步青，终于鼓起勇气提笔给丰子恺写了一首诗，以诗求画：

淡抹浓妆水与山，西湖画舫几时闲？
何当乞得高人笔，晴雨清斋坐卧看。

也许是心有灵犀的缘故，苏步青在家里写好这首诗，还没有寄出，就收到丰子恺寄来的一封信，信里有一幅丰子恺赠送他的漫画！题材是以贵州遵义生活为背景的《桐油灯下读书图》。丰子恺是用漫画来和苏步青回忆交流在贵州遵义的生活情景，虽然是在抗战的艰苦日子里两人相见，是在逃难路上认识，但是在这种苦难生活里，有意气相投的朋友相聚，有书画、诗词相品评，也是人生中的一种乐趣。苏步青收到丰子恺赠送的漫画，十分欣喜，同时诗兴大发，又写了一首诗答谢丰子恺，诗是这样写的：

半窗灯火忆黔山，欲语平生未得闲。

一幅先传无限意，梦中争似画中看。

苏步青把写好的答谢诗连同前面写好的求画诗一并寄给丰子恺，表达自己的心情和心意。而丰子恺收到苏步青的这两首诗，非常高兴，知道苏步青喜欢自己的漫画并以诗乞画，便又根据苏步青乞画诗中的"淡抹浓妆水与山，西湖画舫几时闲"诗意，画了一幅《西湖游舸图》送给苏步青。

自然，苏步青对丰子恺的赠画十分感谢，收到这幅画后，苏步青不仅写了答谢诗，还作了一首题画诗：

黔道

一舸笙歌认夜游，岚光塔影笔中收。

如何湖上月方好，柳下归来欲系舟。

有趣的是，当时丰子恺和苏步青都是住在杭州，相距估计也不太远，况且丰子恺当时是在杭州当寓公，也没有什么离不开的工作；而苏步青在浙江大学教书，也不是忙得连访朋友的时间都没有。但是当时两人以诗、画的交往来表达友谊，确是别具一格。艺术家丰子恺与科学家苏步青之间的书画交往和友谊，在今天的世俗社会看来，真有些超凡脱俗了。丰子恺对苏步青的诗评价很高，他曾经在一篇《湖畔夜饮》的散文里，写到自己和郑振铎在挂着苏步青诗的湖畔小屋里喝酒的情景：

女仆端了一壶酒和四只盆子出来，酱鸭、酱肉、皮蛋和花生米，放在收音机旁的方桌上。我和CT就对坐饮酒。收音机上面的墙上，正好贴着一首我写的、数学家苏步青的诗：

"草草杯盘共一饮，莫因柴米话辛酸。春风已绿门前草，且耐余寒放眼看。"有了这诗，酒味特别的好。我觉得世间最好的酒肴，莫如诗句。而数学家的诗句，滋味尤为纯正。因为我又觉得，别的事情都可有专家，而诗不可有专家。因为做诗就是做人。人做得好的，诗也做得好。倘说做诗有专家，非专家不能做诗，就好比说做人有专家，非专家不能做人，岂不可笑？因此，有些"专家"的诗，我不爱读。因为他们往往爱用古典，蹈袭传统，咬文嚼字，卖弄玄虚；扭扭捏捏，装腔作势；甚至神经过敏，出神见鬼，而非专家的诗，倒是直直落落，明明白白，天真自然纯正朴茂，可爱的很。樽前有了苏步青的诗，桌上的酱鸭、酱肉、皮蛋和花生米，味同嚼蜡；唾弃不足惜了！

CT就是郑振铎。丰子恺认为有了苏步青的诗，连物质的欲望都没有了，这是何等高的评价！新中国成立后，丰子恺和苏步青都在上海工作和生活，两位老友常有来往，苏步青在二十世纪八十年代回忆说："我于1952年由杭州调到上海，我和老伴经常到陕西南路丰家游玩，他家里日月楼是我们谈天说地之处，丰华瞻教授来复旦任教（当时是讲师），也是我介绍给学校的。丰先生当时正在翻译屠格涅夫著的《猎人笔记》，有时参考到日文译本，对个别辞句征求过我的解释。……1959年冬，我获得科学院颁发的科学奖时，丰先生送给我一幅祝贺画，落款是：种瓜得瓜，种豆得豆。……"

现在，两位大师早已作古，但是两位大师在诗、画交往中留下的纯洁友谊，却是值得当今世俗社会常常忆念的。

（2013年）

丰子恺五十年两游普陀

　　浙江舟山群岛的普陀山，是我国著名四大佛教名山之一，也是著名的观音道场，不仅寺院众多而且风光秀丽，海风阵阵，水天一色，素有"海天佛国"的美称。所以，普陀山为历代名人学士、善男信女所向往。

　　丰子恺先生五十年间两次游普陀，烧香礼佛，在普陀山历史上留下足迹。

　　丰子恺先生第一次去普陀山是 1913 年春，那年他 16 岁。这一年春天，母亲钟芸芳发愿去普陀山烧香，便让儿子丰子恺陪同前往。旧时石门湾一带，信佛而常常去寺庙烧香拜菩萨有相当广泛的社会基础，农历初一、十五或者观音菩萨生日等佛界重要日子，便成为这一带百姓上香礼佛拜观音的日子。而每年春节后清明前的农闲时节，杭嘉湖的四乡农民便成群结队摇船到杭州灵隐寺等寺庙烧香，顺带游玩几天，回到村里后，在杭州的见闻可以供他们讲一年。但是，石门湾一带到杭州烧香，一般人都能办到，而到普陀山烧香礼佛，并不是所有人都能办到，必须发愿下决心才能成行。因为石门湾到普陀山，交通并不方便，要过江渡海，路途曲折，十分劳累，因此，当时到普陀山

烧香，似乎在考验礼佛者的诚心和决心。所以，到普
陀山烧香，是石门湾老百姓一生中的一件神圣的积大
功德的事。丰子恺母亲钟芸芳是位意志坚毅的女性，
一旦决心去普陀山烧香，一定是诚心诚意的。所以，
1913 年春天，丰子恺陪母亲去普陀山烧香，也游览了
普陀山旖旎的风光，感受了海天佛国的气象，虽是初
游，却在丰子恺记忆里留下深刻印象。

　　五十年后，即 1963 年 3 月，年逾 66 岁的丰子恺
偕妻子徐力民、儿子丰元草、女儿丰一吟从宁波去普
陀山。笔者曾在 2016 年 1 月 29 日去电丰一吟老师，
请教当时陪同丰子恺先生去普陀山是否还有其他人？
承她短信及时告知："一起去的就这几个人。别的人
是在那边认识的。"当时丰子恺偕夫人、子女一行，
游览普陀山，年过花甲的丰子恺先生站在海风吹拂的
普陀山，回想五十年前陪母亲到普陀山的情景，不胜
感慨。他说："我童年时到过普陀，屈指计算，已有
五十年不曾重游了。事隔半个世纪，加之以解放后普
陀寺庙都修理得崭新，所以重游竟同初游一样，印象
非常新鲜。"相隔五十年的两次普陀行，都给丰子恺

先生留下深刻印象。这一次重游普陀，丰子恺对普陀山这个海天佛国自然生出许多欢喜。这份欢喜也流淌在他笔下，他在《不肯去观音院》一文中说："我游了四个主要的寺院，前寺、后寺、佛顶山、紫竹林。前寺是普陀的领导寺院，殿寺最为高大；后寺略小而设备庄严，千年以上的古木甚多。佛顶山有一千多石级，山顶常没在云雾中，登楼可以俯瞰普陀全岛，遥望东洋大海。紫竹林位在海边，屋宇较小，内供观音，住居者尽是尼僧；近旁有潮音洞，每逢潮涨，涛声异常宏亮。寺后有竹林，竹竿皆紫色。我曾折了一根细枝，藏在衣袋里，带回去作纪念品。这四个寺院都有悠久的历史，都有名贵的古物。我曾经参观两只极大的饭锅，每锅可容八九担米，可供千人吃饭，故名曰'千人锅'。我用手杖量量，其直径约有两手杖。我又参观了一只七千斤重的钟，其声宏大悠久，全山可以听见。"丰子恺所说的"前寺"，就是普陀山最著名的寺院"普济禅寺"，是普陀山供奉观音菩萨的主刹。坐落于梅岑山东、灵鹫峰下。全寺庄严肃穆，气势雄伟，古木参天，宝炉缭烟。寺前有海印池，东前方有多宝塔，寺后原有宋绍兴年间真歇庵遗址，为普陀山第一代禅宗祖师真歇和尚静修处，其东有无畏石，寺内有菩提泉、菩萨井等古迹。丰子恺先生在文章中讲到参观过一只"其声宏大悠久，全山可以听见"的七千斤重的钟，至今仍在，就在这"前寺"里。寺内专门建有钟楼。这口钟重 3.5 吨，清代铸建。丰先生说这口钟重达七千斤，记忆一点都不错，可见他参观得十分仔细。

丰子恺先生讲的"后寺"就是"法雨禅寺"。位于普陀山千步沙北端，光熙峰下。"后寺"依山起势，松柏苍翠，殿宇逐级升高，雄伟庄严，气宇非凡。寺前有莲池，海会桥轻卧其上，一派佛地气象。至于佛顶山寺，又名慧济禅寺，在佛顶山的山顶，其规制与普济禅寺、法雨禅寺鼎峙。当年丰子恺先生去佛顶山寺烧香，要走一千多级台阶才能上到佛顶山寺。由于佛顶山寺四面环山，隐于绿树之中，所以其布局是因山制宜，很有佛家园林的风格。佛顶山寺的东侧天灯台，可鸟瞰普陀山全景，也可远眺海天一色的景象。丰子恺先生游过的紫竹林在潮音洞西，旧名叫听潮庵，又名紫竹林禅院，因其背山面海，地理独特，视野十分开阔。"紫竹林禅院"的匾额是康有为1919年题写的，丰子恺第一次陪母亲游普陀时，还没有康先生的匾额。1963年春天去时，丰先生应该看到康有为先生的匾额的。"不肯去观音院"是普陀山最早供奉观音的寺院，所以名气最大影响最广，到普陀山烧香礼佛的人，没有人不知道"不肯去观音"这个故事的。

丰子恺先生除了去普陀山四个主要寺院烧香礼佛外，也游览了普陀山的"百步沙""千步沙"等沙滩。丰子恺先生记得："潮水不来时，我们就在沙上行。脚踏到沙上软绵绵的，比踏在芳草地上更加舒服。"漫步沙滩，远眺大海，近听涛声，让丰子恺先生享受佛教圣地的惬意。在离开普陀山后，丰子恺先生依然沉浸在普陀山的风光和佛界气象里。他两游普陀山，给普陀山送了一幅画，写了一篇文章，赋了两首诗，其诗如下：

一

一别名山五十春，重游佛顶喜新晴。

东风吹起千岩浪，好似长征奏凯声。

二

寺寺烧香拜跪勤，庄严宝岛气氤氲。

观音颔首弥陀笑，喜见群生乐太平。

艺术大师丰子恺先生 1913 年、1963 年相隔五十年两游普陀山的往事，已载入普陀山历史。新编《普陀山志》记载，丰子恺"民国二年（1913）奉母到普陀礼佛，1963 年复偕女（应为偕妻徐力民、儿元草、女一吟）重游普陀，撰《不肯去观音院》文，赋《重游普陀》诗，作《渐入佳境》画送文物馆"。

（2016 年）

丰子恺的故家和往事

　　1991 年，笔者在浙江的桐乡县委工作，担任县委常委、县委宣传部长。业余时间研究茅盾和丰子恺等桐乡籍的文化大师，去石门湾丰子恺故居的机会很多。每年因为工作或者陪同客人去石门湾缘缘堂，有几十次之多，几乎都是丰桂老师接待和讲解。丰桂老师是丰子恺的本家侄女，是石门湾当时对丰子恺故家了解最多的人之一。在与丰桂老师的交往中，我忽然萌生了用文字来往向她请教的念头，于是用写信出题目的方式，向丰桂老师请教。

　　丰桂老师又名蓉赓，生于 1921 年 9 月，1945 年在浙江省立浙西一师毕业后，至 1958 年一直在学校当老师，教小学语文和音乐，所以对丰子恺的文学贡献、艺术成就等等都比较关注和了解。1985 年石门缘缘堂落成之后，就聘请丰桂老师在缘缘堂工作。丰桂老师是桐乡市第一至四届政协委员，2012 年 10 月 22日去世，享年 92 岁。

　　1991 年时，丰桂老师还只有 70 岁，她记忆力很好，对丰子恺的往事也十分熟悉和了解，因此我每次给她写信，她都及时回复我提出的问题。当时我虽然有保存史料的意识，但是因为匆忙，对问题没有反复推敲，想到就写，写了就寄出去，因此这些问题现在看来还有些肤浅，不过丰桂老师的回答却十分有价值。因此整理出来，提供给对丰子恺故家和往事感兴趣的朋友参考。

钟桂松问：

1. 丰子恺先生诞生在惇德堂楼上还是楼下？如楼上，在哪一进的哪一间？

2. 丰子恺的母亲钟芸芳是哪里人？她的娘家在当时的社会经济地位怎样？她逝世时的年纪有多大？

3. 丰子恺上面有几个姐姐，下面有几个弟妹？

丰桂老师 1991 年 11 月 21 日来信回答：

1. 丰子恺诞生于惇德堂正厅中间楼上（惇德堂系太平天国后重建），即第二进中间楼上。厨房在三进楼下，丰母连生六女，丰八阿太在厨房掷镬盖，楼上听得到。

2. 丰母钟芸芳是石门人，家住南高桥塆。1930 年逝世，终年 67 岁。我儿时与丰宛音常随祖母去渠娘家，墙门深院，院中密植细竹，一石径通正厅。那时仅祖母一倮钟兰卿及倮媳和孩子，兰卿长于丰子恺，其父系钟芸芳兄钟春芳（早逝）。兰卿在一染坊任职，家道已中落，据说祖上经营木行或竹行。（待我再进一步打听）

3. 丰子恺上面有六姊：长丰浵（字寰仙，振华女校校长），次丰游（字梦仙）适练市周家（富户，当时有"周半镇"之称，姊夫周印池），三、丰满（字梦忍，亦字庭芳，后任振华女校校长），四、丰潜（字潜贞，十七岁早逝），五、庾贞（幼时即逝），六、绮贞（从小给羔羊乡八字桥），七、丰子恺，八、雪贞（正东母），九、弟丰潘（字景伊，十九岁时杭州中学毕业，会考时全省第一，可是是年暑期即亡，肺病），十、弟蔚蓝（三岁即逝）。

钟桂松问：

1. 丰子恺的姑妈名讳？她的出生年月日以及她是哪一年出嫁到崇德的？其夫家的社会经济地位如何？是哪一年过世的？

2. 沈四相公是石门镇人，他的情况您知道否？不知他是否也设塾教书？

3. 丰子恺曾认过一个寄父，叫杨梦江。杨和丰子恺父亲斛泉友善。不知您了解杨梦江这个人否？

4. 丰子恺作品里讲到养蚕时，提到一个叫蒋五伯，他是哪里人？此人后来情况怎么样？还有一个叫七娘娘，她是牛桥头人，她和丰家是不是亲戚？

丰桂老师 1991 年 12 月 21 日来信回答：

1. 丰子恺的姑母名针，字蒨红，号绣常，生于同治四年，卒于民国三十年十月十二日，卒年七十七岁。嫁崇德县（今崇福镇）徐福谦之子，名多绅，号藕卿，附生，江苏候补知县，诰授奉直大夫为继配。结婚时，丰针已三十六岁。徐藕卿系徐自华、徐小淑本家。民国以后，曾在崇福镇教过书，卒于民国十九年，时年七十七岁。丰针扎珠花、刺绣、扎花灯等手艺，石门一带闻名，小楷十分秀丽。

2. 沈四相公名沈之渠，号笑轩，道光二十七年秀才，咸丰三年增捐贡。家住木场桥西堍北首，系丰子恺父

归宁

丰镛之师。沈之渠本人没中举，但他的学生丰镛、卢学溥（茅盾先生表叔）均为举人。沈之渠在家设塾授徒。（丰镛系庚子、辛丑并科举人，卢是否同年中举？请查，因我处无材料）

3. 杨梦江，家住南桥桥外（现石门米厂址），系浙江省议员，石门商会会长，与丰镛、张殿卿（张琴秋父）等友善，杨是石门绅士中地位较高的人。他的侄女婿，据说曾在张作霖手下做过事，侄女杨月珍，振华女校学生。

4. 蒋五伯是南深浜人，年轻时常在丰家做短工（抗战前我们丰家几房在大井头附近农村，均有一些叶地，所以饲蚕，不饲蚕的几家则卖桑叶），与丰家关系很好。他的儿子即是超山伯，没有成家，抗战期间，在镇上被日军枪杀，现无后代。

牛桥头七娘娘，是雪雪寄奶的一家，丰母生雪雪后患病，故雪雪即寄奶给七娘娘的媳妇，由于丰父斛泉公身体不太好，且家中孩子又多，雪雪寄奶到了五六岁才领回家。可是她只认奶妈，特别是见父有些恐惧，常在丰同裕染坊门口等牛桥头的人（牛桥头出市的人，大都走过染坊门口），如村上有人走过，她即跟去牛桥头，家中稍一疏忽，人就不见了，为了"养不家"，且一而再，再而三逃走，丰母气极，就托蒋五伯把雪雪送给南深浜蒋家为童养媳（正东父蒋茂春，小雪雪一岁）。正东祖父名"蒋渭桥"。七娘娘家后代情况不知。

钟桂松问：

1. 丰斛泉开私塾，是不是在惇德堂楼下？大约办了多少时间？

2. 丰同裕染坊里有个叫祁官的伙计，他是哪里人？和丰家的关系如何？丰子恺幼时和他挺好的。

3. 丰子恺幼时有个女佣叫红英，不知红英是哪里人？她后来又在哪里？她对丰子恺学画关系很大。

4. 丰子恺写到一个染坊伙计叫"五哥"，不知"五哥"是哪里人？他和丰子恺年龄相仿。

丰桂老师 1992 年 1 月 7 日来信回答：

1. 丰斛泉开私塾在惇德堂楼下，时间仅一年多。

卒年七十七岁

① 丰子恺的姑母名铖 字莼红 号绢帝 生于同治○年.
卒于民国三十年十月十二日. 嫁桐乡县(今崇福镇)徐
福谦之子名念坤, 号藕卿, 邑庠生, 江苏候补知县,
诰授奉直大夫为继配. 结婚时丰铖已三十六岁.
徐藕卿係徐自华. 徐卒于半家, 民国以后, 曾在崇
福镇教读书. 卒于民国十九年, 时年七十七岁.
　　丰铖扎珠花, 刺绣, 扎花灯等手艺, 在乡一带闻名, 小楷十分秀丽.

② 沈四相公名沈立堃号笑轩. 道光二十七年秀才,
咸丰三年增相贡. 家住茅桥埭北首. 作
丰子恺父丰鐄之师. 沈立堃本人没中举 但他
的学生丰鐄, 卢学溥(茅盾先生表叔)均为举人.
沈立堃在家设塾授经. (丰鐄係庚子辛丑併
科举人, 卢学溥同年中举? 请查. 因抄处无材料)

③ 杨梦江: 家住南桥桥北(现布书厂址)係游江
有议员, 布布商会会长, 与丰鐄, 张殿(张琴孙父)

丰桂来信手迹（1）

陕县。杨×石×绅士中地位较高的人。他的侄女
婿，据说在张作霖手下做过了。侄女×日珍
张华××××。

⑥ 潘××伯是南溪法人（可系自族）年轻时率在丰家做
短工（现×前我们丰家几房在大井法附近发村，均有一
些叶地，所以×××。××的几家刘卖茶叶），与丰家
关係很好。他的儿子即是××山伯，没有成家，抗战
期间，在镇上据日军铃毙，珍失后代。

牛桥头七娘×，是××奶奶的一家，丰毌生××后
患病，故××即奶奶给七娘×她儿媳妇，由于丰父
×是××身体不太好，且家中孩子又多，××奶奶到
了五六岁才被回家可是她只认奶妈，特别是×××
有些恐惧。率在丰同福药坊门口等牛桥头以人。
（牛桥头出市的人，大都走过药坊门口）请村上有人
走过，她就跟牛桥头，家中请一说给，人就
不见了，为了"养××家"（请音），×一而再，再而三逃

（请加）

2.祁官是何处人不知了。我父母在时，也常说祁官如何如何，可惜我不追问，总之，祁官在丰同裕给人印象是很深的。

3.红英后来嫁在大井头（缘缘堂后门隔壁）一姓钟的人家，她早去世了，现有一个女儿，名钟爱玲，尚在。

钟桂松问：

1.丰子恺在父亲去世后，便进镇上另一所私塾。这所私塾是谁办的？丰子恺还为私塾老师画孔子像，此先生叫什么名字？

2.溪西两等小学堂是石门镇上第一所正式学堂，教师除金可铸外，还有哪些人？当时丰子恺在进小学堂前，还进过另一所私塾，这所私塾的情况您听说过否？

丰桂老师1992年1月7日来信回答：

1.丰父去世后，丰子恺进的私塾是南市于云芝办的。画孔子像即在此。

2.溪西两等小学堂即是后来的崇德县立第三小学。

教师除金可铸外，还有沈纯常、包含章（均是秀才），包后来一直任校长，直至1929年左右去世。沈纯常（即沈蕙荪）我小时是教育科督学。另一所私塾可能是沈之渠之子沈纯常（秀才）（在沈家中）办的。这两个私塾（于云芝及沈纯常办的），丰子恺究竟先进哪一个？待查考。

钟桂松问：

1. 六塔村里的癞六伯这个人在丰子恺幼时印象非常深，您知道癞六伯这个人的情况吗？包括他的大名及何年去世等。

2. "丰同裕"隔河对面有一家"汤裕和酒店"，这店的主人是谁？您见过这爿店否？

3. 丰家染店隔壁有个叫王囡囡的，丰子恺小时候称他为"复生哥哥"，这个人在丰子恺印象里，有点像鲁迅幼时的闰土。王囡囡家及其人情况如何？

4. 丰子恺家隔壁王囡囡家开豆腐店，店里有个伙计，这个人的情况如何？

5. 丰同裕左邻有个叫莫五娘娘，这个人有三个儿

秋夜

子，小儿子叫"木铳阿三"，他们母子俩的情况怎么样？

6. 丰子恺幼时学音乐时的"阿庆"，他是怎样一个人？您见过这个人没有？

7. 丰子恺小时候在丰同裕染坊的管账先生是谁？或有过哪几个？

8. 崇德县城徐芮荪当时做过督学——相当于今日教育局长，徐芮荪后来怎样？他有几个儿子，几个女儿？

9. 丰子恺小学时的校长叫沈蕙荪，这个人的情况您清楚否？他在小学当校长到什么时候？其生卒年月情况，还有他儿子沈元的情况如何？

丰桂老师在 1992 年 1 月 7 日来信回答：

1. 癞六伯是六塔村桥西人。他常在镇上喝酒，喝得醉醺醺回家，过木场桥时，往往边骂人边走。丰同裕染坊中的人见癞六伯走过，就说："癞六伯骂人骂过了，可以烧中饭了。"（当他是时钟）关于他的后代及何时去世不详。（据说无后代）

2. "汤裕和"是丰同裕对面的一家酒酱店，双开间门面，带卖热酒、小菜，主人原是姓汤的，后招女

婿姓沈的，故现在的后代姓沈。石门地区医院的医师
沈国良，即是他们的后代（父亲沈锡康，是小儿科医生，
已去世）。这店我见过，抗战时毁去。

3. 王囡囡豆腐店是惇德堂贴隔壁（北面，丰、王
家均朝东）。王是遗腹子，故名复生。豆腐店很富有，
且他是独子，祖母即"定四娘娘"（丰文"四轩柱"
之一），其家情况，请读"四轩柱"，王复生常打其娘，
故石门有"打娘骂爷王复生"之称。

4. 歪鲈婆阿三，后来（抗战前在豆腐店做生活，
我认得。抗战后，豆腐店毁了）情况不明。此人独身
一人，做几钿用几钿。

5. 莫五娘娘家是丰同裕北隔壁的邻居，她家抗战
前开"莫日昇纸马店"，在木场桥东塊下西弄。大儿
子莫福荃有子莫九经，抗战前在镇商会有一定地位，
此人作风不好，偷鸡摸狗，抗战期间死在乡下。"木
铳阿三"（早死了）我没见过。莫福荃死，我们小时
吃豆腐（素酒），由于房子毁去，莫九经妻顺兰也死了。
有一女，呆子，也死了。已无后代。

6. "阿庆"抗战前常来我家介绍农民卖柴，此人

黄昏

见过，他会拉二胡，家住大井头，到 30 多岁才结婚。阿庆有三四个儿子。

7. 丰同裕染坊管账的，抗战前夕是姓张的，我们叫他张伯伯（已死，现有后代儿子在石门中学管后勤）。以前那几个，不知，因我六七岁时，已是姓张的了（名张芝珊）。

8. 县督学相当于现在的副局长。局长不大出来。督学是常跑各学校的，徐芮荪后来做律师，为人家包打官司。他有女：徐力民（丰子恺夫人），幼徐警民（丰新枚之岳母，已故）。儿子有好几个，大娘舅徐正民，有子徐汉英，在崇福。汉英女徐新勤在崇福（1958 年前任崇德县人民法院院长许文星妻）；三娘舅早逝。徐芮荪抗战以前来石门，我见过的。大娘舅也见过（儿子有几个，以后问清了告您，丰陈宝知道）。

9. 沈蕙荪即沈纯常。私塾改为小学，他是校长，后沈去教育科任督学，包含章任校长，包死后，沈元任校长。沈元是丰子恺一师时的同学。沈元在 1936 年左右辞去校长职后，汪云仙任校长至抗战。（我、丰陈宝、丰宁欣、丰宛音、丰华瞻均在沈元校长任内

毕业。）包含章是光绪七年辛巳秀才；沈纯常是光绪
二十一年乙未秀才。沈元任校长是 1929—1936 年。
沈纯常、沈元均在抗战期间去世。

（1992 年）

怀念毕克官先生

　　2013 年 12 月 8 日那天下午，石门湾丰子恺故居的小吴来电话说，著名漫画家毕克官先生于 12 月 1 日（当地时间）在美国洛杉矶去世，他的女儿让小吴告知在南方的他爸爸的一些朋友。放下电话，我心里非常难过，虽然我知道毕克官先生生病的事，但是他在美国治疗，据说效果还是很好的，他 2010 年的秋天给我打电话时，还非常乐观，好像没事儿一样。这几年因为隔得太远，联系少了，但一直记挂着，没有想到，3 年前的几次电话，已经成为认识毕先生几十年来的最后通话！

　　我早知道毕克官先生的大名，他是我国著名的美术史学者，荣获中国美术家协会颁发的"卓有成就的美术史论家"奖，是我国著名的漫画家，他的漫画《我看报》一直为人们津津乐道；他不光画漫画，而且研究漫画，出版有《中国漫画史》，曾经获得中国美术家协会漫画理论一等奖，毕克官先生还结合绘画研究中国民窑古瓷，他的《民窑青花》一书获得台湾新闻出版金鼎奖。但是我第一次见到毕克官先生，是在 1985 年石门湾缘缘堂重建落成时。那时我在桐乡县委宣传部工作，缘缘堂经过一年多的建设，在原来的地址上按照原貌重建了。此时虽然丰子恺先生去世已经十年，但是"文革"后那种对文化的渴望和对文化大师仰慕的氛围还在，所以大家对缘缘堂的落成格外重视，精心组织和安排，县委领导听说为缘缘堂重建捐款三万元人民币的新加坡高僧广洽法师要来桐乡参加石门湾缘缘堂的落成，便让我和文化局的同志一起，借了一辆当时县城里面最好的皇冠小轿车，还有几辆桑塔纳小轿车，到上海去迎接广洽法师一行。那时，从桐乡到上海要好几个小时，到上海时快中午了。正好，毕克官先生也在上海国际饭店和广洽法师在一起。在国际饭店吃过饭后，三辆小车接了客人回桐乡，正好我和毕克官先生在一个小车里，一路上我们慢慢地聊着天往桐乡石门湾驶去。在回桐乡的路上，还发生事后让人冒出一身冷汗的惊险一幕。当时，广洽法师坐的皇冠小轿车在我们的车前面，皇冠车紧跟着一辆装满毛竹的卡车，那时的公路虽然是国道，但都是两个车道的小路，在上海青浦境内，一个转弯，卡车上的毛竹立刻倾泻下来，幸亏轿车司机眼快，一个急刹

车，才避免毛竹刺向车内。当时我们被这个险情惊呆
了！我们赶快下车，过去一看，广洽法师端坐在后排
座位，仿佛什么事没有发生似的。回到车内，毕克官
先生说起刚才这一幕，说广洽法师毕竟和我们不一样，
如此安静，是要有多大的修炼啊。后来我们顺利到达
石门湾。这是我和毕克官先生第一次见面。

后来，我离开桐乡去浙江电视台工作，和毕克官先
生的联系一直没有中断。我知道当时他对民窑古瓷兴趣
很浓，但是没有见面，只是听说。再次见面已是新世纪
的 2003 年，那时他和夫人一起来杭州住几天，当时我
们每天见面聊天，到郊区喝茶，吃农家菜。中间他还告
诉我，想去宁波看看古窑遗址和那里的碎瓷片，我说，
我没有去过，因为我对古瓷没有研究，但是我会派人陪
他去，肯定能够找到那个地方。第二天，我找了一位懂
古瓷的同志，陪他去宁波。回来后，他非常兴奋地对我
说在遗址河边看到大量瓷片的事情，他说希望当地保
护好。我知道他是真正喜欢古瓷！在聊到丰子恺先生
时，他送我一幅字，上面写了"小中见大"四个字。他说，
丰先生的许多漫画、文章，都有一个特点，就是"小

中见大"。我为他对丰子恺先生作品的深刻见解而折
服！

　　这次到杭州的时间比较长，我们有机会聊天，他
在杭州期间也见了不少朋友，他说，下次来杭州时，
再去石门湾缘缘堂参观，感受一下丰子恺先生的文化。
我说，到时我陪您去，桐乡您也有不少朋友，他们也
常常惦念您呢。他听了很高兴，也问了他熟悉的一些
朋友的近况。这次从杭州回到北京以后，我们也通过
几次电话，有一次他来电话说，想到杭州来走走，我
说，好啊，什么时候来由他决定即可。可是，因为时
间安排不好，他迟迟没有决定，竟然失去了再来杭州
的机会！后来我才知道，他已经去了美国，并且很顺
利很适应。但是因为他在美国的缘故，没有了和我们
通电话聊天的机会。到了 2010 年秋天，我忽然接到
他的电话，告诉我，回北京来了，我说，那你来杭
州吧。他说，不来了，这次回来，主要是办一些事情，
尤其要参加他老家山东省威海市的"毕克官艺术馆"
开幕式，这些事办好后，还是要去美国的。他问我，
有一事能不能帮忙？我说，您说吧，我一定努力。他

说，他有一部书稿，是专门写丰子恺先生的，已经问过好几家出版社，都很为难，婉拒了。我知道他对丰子恺先生的感情是非常深的，而且也有研究，我说，您将稿子寄过来吧。不久，他将书稿寄过来了，我仿佛在这部书稿里，看到了毕克官先生对丰子恺先生的深厚感情，字里行间对丰子恺恭敬有加，对丰先生的研究也很独到。我马上与西泠印社出版社的江吟社长联系，希望他们能够接受出版。江吟先生既是出版家，又是国内著名的书法家，他一看是毕克官先生的书稿，说，这位毕先生是大家啊！立刻表示愿意出版。于是我将书稿交给江吟社长，并且将这个好消息告诉毕克官先生，他在北京听到这个消息后，非常高兴，说如果他去美国，就让在国内的儿女与出版社联系。后来，他将女儿写丰子恺的文章一起编进来，取名《走近丰子恺》，他们父女两人对丰先生的感情倾注在一部书里了。西泠印社出版社非常重视，为此安排了专门的编辑力量，努力将毕克官先生的这部书稿编辑好。一年后，书很快出版了，毕克官先生非常高兴，专门用小纸亲笔写上我的名字，盖上他自己的印章，寄回北京，让他儿子粘在书上再寄给我，对毕先生的细心和周到，我十分感动。在这部书里，毕克官先生写了一个情真意切的前言，言语间流露出对丰子恺先生无尽的思念，和离开祖国后的恋恋不舍之情。他在前言中感谢了帮助过的朋友后，说："本书决定要出版，正值我回家乡山东省威海市出席'毕克官艺术馆'开幕式。回到洛杉矶我再次进行前列腺癌症化疗，顾不上多休息，马上投入了选编工作。待到本书出版时，我已经是度过80春秋的耄耋老叟了。本书的出版，既是对先贤的追思，也算我个人研究工作的小结吧！"这个前言写于2010年10月的洛杉矶，当时，我看到这一段话，心里很不是滋味，我想，我们在工作岗位上的人，是不是可以多为像毕克官先生这样的老前辈做些什么呢？让他们老有所为的同时老有所安呢？现在，毕克官先生在异国他乡去世了，但是我相信，他的心早已回到他为之奋斗和努力一辈子的祖国了。

（2014年）

重访缘缘堂

　　缘缘堂我去过无数次，每去一次，都有一种不同的感受。前几天，高温刚刚过去，我与缘缘堂的小马约好，去石门湾瞻仰丰子恺先生的缘缘堂。

　　坐落在石门湾梅纱弄的缘缘堂是一代艺术大师丰子恺先生的故居，1933 年建成。但是这座在丰子恺心目中别人拿阿房宫，拿金谷园来换都不肯的房子，却在 1937 年 11 月毁在日本侵略者的炮火下，成为一片废墟。直到 1984 年，在当地政府和爱好和平的新加坡广洽法师的赞助下，被日本炮火摧毁近半个世纪后，缘缘堂在原址上又重新按原貌重建。丰子恺当年在逃难途中听到缘缘堂被日本炸弹炸毁后，曾悲愤地说："将来我们必有更光荣的团聚。"这预言，在 1985 年 9 月 15 日丰子恺先生去世十周年时得到实现！今年是抗战胜利七十周年，是缘缘堂重建三十周年！想来在天堂已经四十年的丰子恺先生也会扬眉吐气！

　　走进重建的缘缘堂，眼前这所三开间二层的中式建筑，全体正直、高大、轩敞，充满阳光，春夏秋冬各有所宜。如今的缘缘堂，依然保持了 80 年前的面貌，楼下的院子里，仿调色盘的花坛建在围墙下面，格子里留着清水，在调色盘里蓄着，仿佛在等待丰子恺创作时调色洗笔；院子的西南角，是一棵快30年的芭蕉，宽大的芭蕉叶沿着围墙，已经长到围墙的顶沿了，依然有着一种"红了樱桃，绿了芭蕉"的味道。楼上的一排玻璃窗，依然透出缘缘堂主人的阳光和智慧，和下面的院子十分协调；楼下中间的客堂屋，里面挂着马一浮先生的"缘缘堂"三字堂额和一幅老梅中堂，两边是弘一法师的对联"欲为诸法本，心如工画师"，客堂和院子中间是一排敞亮的落地长窗，仿佛随时在等候冬天的阳光和夏天的凉风。所以，无论是春天还是冬天，缘缘堂里始终有阳光有绿荫，一派祥和温馨的气氛，洋溢着欢声笑语！

在院子里，我们看到了一件缘缘堂原物——一对被炮火烧焦了的墙门，陈列在院子里，格外引人注目。1937年11月6日，日本飞机空袭石门湾，扔下数十枚炸弹，小镇死亡百余人，整个古镇陷入一片火海，丰子恺率领一家老小逃出石门湾，沿水路绕道新市、塘栖到杭州，又沿钱塘江往衢州、江西、贵州方向逃去，留下他带不走的心爱的魂牵梦萦的缘缘堂。1937

乘凉夜饭

回家

回家

年 11 月 23 日，日军入侵石门湾，杀人放火，烧掉民房 180 余间，缘缘堂也惨遭摧毁。当时缘缘堂隔壁的丰家同族的堂兄丰嘉麟，冒着危险到缘缘堂，在火海里掮出一对已经烧焦的墙门。这对被日寇炮火烧焦的木门，记得是上个世纪八十年代重建缘缘堂时，丰子恺的堂兄后人捐出来，作为日本侵略者炸毁缘缘堂的见证，放在重建的缘缘堂院子里，让今天的人们永远不要忘记过去的历史。我二十世纪八十年代常常陪同日本的中国现代文学研究者到缘缘堂参观，当他们知道这对焦门的来历后，有的连连鞠躬，替历史表达歉意，有的望着焦门，脸色凝重，连说"对不起，对不起！"当时这些有历史正义感的日本友人到缘缘堂参观时的细节，虽然过去二十多年了，我依然清晰地记得。现在，这对烧焦的墙门陈列在缘缘堂的院子里，并用玻璃保护着，保存着这份历史，也保存着这座艺术殿堂曾经有过的惨痛，让后人记住这段历史。

当年，这座充满艺术气息而且寄寓丰子恺审美理想的缘缘堂，被日本侵略者摧毁后，丰子恺的悲愤难以言表，曾经"形式用近世风，取其单纯明快。一切

種果得果

子愷畫

种果得果

因袭、奢侈、繁琐、无谓的布置与装饰，一概不入"的缘缘堂，丰子恺用心建造起来的缘缘堂，在丰子恺生活中留有无比温馨美好记忆的缘缘堂，竟然毁在日寇的炮火之中，艺术大师丰子恺能不悲愤吗？他在逃难途中，连续写了《还我缘缘堂》《告缘缘堂的在天之灵》《辞缘缘堂》三篇文章，回忆在自己精心建造的缘缘堂里温馨生活，谴责侵略者的暴行，发出"还我缘缘堂"的呐喊！字里行间，一代艺术大师的正直、正义之情溢于言表。后来，抗战结束了，丰子恺历尽艰辛回到曾经给自己带来温馨记忆的石门湾，"走了五省，经过大小百数十个码头，才知道我的故乡石门湾，真是一个好地方"，可是眼前的石门湾已经满目疮痍，不再是丰子恺"客梦中所惯见的故乡"，昔日繁华的石门湾的"南京路"，早已是草棚、废墟，昔日温馨的住所缘缘堂，已经是一片断壁残垣。他站在曾经与自己朝夕相处熟悉得不能再熟悉的长满荒草的缘缘堂废墟上，心酸落泪。后来，一幅《昔日欢宴处，树高已三丈》漫画，永远定格在丰子恺的抗战漫画里。

　　缘缘堂是一个清凉的艺术圣地，又是我们中国文学的一个品牌，这个文学品牌滋润了几代读者的心田，所以，从某种意义上讲，丰子恺的缘缘堂已经成为真善美的化身。缘缘堂重建时，丰子恺已经去世十年。但是，重续前缘，作为有生命意义的缘缘堂，重建后依然是充满生活和艺术的气息，依然充满着丰子恺的艺术情味！在我看来，缘缘堂和丰子恺，精神上是永远无法割舍的。凡是读过丰子恺的《缘缘堂随笔》的读者，都会和石门湾的缘缘堂有一种天然的亲近感。仿佛主人还在缘缘堂里，他的漫画、散文，好像都是丰子恺刚刚写出来似的，没有一点旧作的感觉！现在，在缘缘堂的展示里，不仅复原抗战前缘缘堂的场景，还有大量丰子恺文物展示，有丰子恺绘制并用过的杨柳燕子钟，有使用过的皮箱，有"文革"中丰子恺遭受苦难时睡过的小棕绷床，有108笔绘成的南无本师释迦牟尼像，还有丰子恺先生用过的藤椅和书桌，楼上楼下，林林总总，充满了丰子恺的生活艺术情味。据马永飞馆长介绍，虽然丰子恺先生离开我们在时间上渐行渐远，但近年来到缘缘堂参观的人却越来越多，有国内外的专家学者，也有年轻的学子，更有石

故乡来的酒

门湾远远近近的中小学生，他们都是抱着一个心愿，来缘缘堂感受丰子恺的爱国情怀，体味丰子恺先生的真善美的艺术情味，从一代大师的故居兴衰里感受民族的苦难。我听后，深以为然。

当太阳的余晖让石门湾古镇变得轮廓分明时，缘缘堂边上的"后河"也泛起金色的粼粼波光，这条既连着石门湾四乡农村，又连着杭州、上海的"后河"，川流不息。所以，当年日本侵略者可以摧毁有形的缘缘堂，可以让它成为废墟，但毁不掉已经深入人心的缘缘堂！我站在缘缘堂边上的"木场桥"上，回望刚刚拜访过三十年前重建的石门湾缘缘堂，作如是想。

（2015 年）

后　记

　　这部《丰子恺：水光山色与人亲》里的文章，大部分是近几年所写，只有《丰子恺的乡情画》和《丰子恺的故家和往事》写于二十世纪八九十年代，其中值得一提的是丰桂先生，她是丰子恺先生的堂侄女，新中国成立前她就是进步的女青年，从师范学校毕业后从事教育工作。二十世纪五十年代因为众所周知的原因，她的人生进入了逆境，但是无论是顺境还是低谷，她都泰然处之，始终牢记丰家的家风。教书，为人师表；工作，兢兢业业。我与她认识于二十世纪八十年代，当时缘缘堂重建时，丰桂先生是跑进跑出最为忙碌的人之一，监督工程建设，保证缘缘堂的建筑质量，搜集缘缘堂的遗物，布置缘缘堂的展览，都事必躬亲，这还不说，她还将家里收藏几十年的父亲丰嘉麟从缘缘堂废墟上抢出来的缘缘堂烧焦的木门捐献出来，现在已经成为国内外参观者必看的缘缘堂遗物。所以，我深深感受到丰桂先生捐献这缘缘堂遗物的价值和意义。九十年代初我曾与丰桂先生书信来往，向她请教丰子恺先生家世往事，因为丰子恺先生在石门湾的下一代亲属子侄辈中，丰桂先生是最了解丰子恺老家往事的人之一，所以我有意通过给她写信请教的方式，留下了一些珍贵史料。

在这部书中，我还收入了一篇纪念毕克官先生的文章，因为毕克官先生是丰子恺先生的研究者和追随者，他对丰子恺先生的景仰和崇敬，我是亲身感受到的。我与毕先生相识很晚，是在 1985 年的秋天，此后我们常常有电话联系，也有见面聊天的机会，当他讲到丰先生时，在他的话音里、眼神里，满满的都是对丰先生的怀念之情，这种深厚的感情一直到毕克官先生的耄耋之年依然十分浓烈。所以我得知他在美国去世的信息后，非常难过，动笔写了这篇回忆文章。

　　丰子恺先生虽然大部分时间生活在二十世纪最不安宁的岁月里，抗战时期日本人炸毁了他心爱的缘缘堂，这还是他用自己辛辛苦苦挣来的稿费造好还没有几年的新房子呢！新房子没有了，日本人的枪炮打到了石门湾，逼迫丰子恺先生带领全家老小长途奔波逃难，历尽千辛。晚年又逢十年“文革”，遭受非人待遇，没有等到“文革”结束，看到世道变化就撒手西去，离开了缺少率真、安宁的世界。但是丰子恺先生留下的文学遗产却充满人间情味，富有艺术真谛！所以在这部集子里，大部分文章都是展示丰子恺先生的文学创作和文学艺术作品的情味的，如过年，过清明，喝酒，坐火车，方言故事，慢生活情调，以及与友人的诗词绘画的情谊等，展现了生活中的一代艺术大师丰子恺先生的率真形象。相信这些文章结集出版对了解丰子恺先生是有助益的。

　　为了让这部书图文并茂一些，笔者也得到了丰子恺后人的图片使用授权，从而使这部书增色不少。在写这些文章时，还得到丰子恺纪念馆马永飞馆长以及吴浩然等朋友的帮助和支持，在此向他们表示感谢。

在出版既繁荣又困难的当下，这部书能够顺利出版，得益于黄山书社朋友的努力，责任编辑高杨先生为这部书的编辑出版花费了不少心血，没有黄山书社朋友的努力，是不可能有现在这样让人喜欢的面目的。在此向责任编辑和出版社的朋友表示衷心感谢。

2016 年 7 月 5 日　杭州